Mrs. Skaggs Ehemänner und andere Geschichten

Bret Harte

Writat

Diese Ausgabe erschien im Jahr 2024

ISBN: 9789359947495

Herausgegeben von
Writat
E-Mail: info@writat.com

Inhalt

FRAU. SKAGGS' EHEMANN.

TEIL I – WESTEN.

Die Sonne ging am Fuße der Hügel auf. Aber eine Stunde lang war die schwarze Masse der Sierra östlich von Angel's mit Feuer umrissen worden, und der konventionelle Morgen war zwei Stunden zuvor mit der Abfahrtskutsche von Placerville gekommen. Die trockene, kalte, taulose kalifornische Nacht lag noch immer in den langen Schluchten und Faltenrändern des Tafelbergs. Sogar auf der Bergstraße war die Luft immer noch scharf, und das dringende Bedürfnis, etwas zu finden, um die Kälte fernzuhalten, die den Barkeeper am Bahnhof schläfrig zwischen seinen Flaschen und Weingläsern hin und her schickte, herrschte entlang der gesamten Straße.

Vielleicht könnte man sagen, dass die erste Bewegung des Lebens in den Wirtsräumen stattfand. Ein paar Vögel zwitscherten in den Bergahornbäumen am Straßenrand, aber schon lange zuvor hatten im Saloon des Mansion House Gläser geklickt und Flaschen gegurgelt. Dies wurde immer noch von einer zerstreut aussehenden Hängelampe beleuchtet, die offensichtlich noch schlimmer war, weil sie die ganze Nacht wach gewesen war, und eine seltsame Ähnlichkeit mit einem verblassten Nachtschwärmer von Angel aufwies, der schon damals in SEINER Steckdose in einem Arm flackerte und flackerte. Darunter befand sich ein Stuhl – eine Ähnlichkeit, die so offensichtlich war, dass der Barkeeper, bewegt von einem Gefühl der Beständigkeit und des Mitgefühls, sie beide zusammen hinausstellte, als der Sonnenstrahl der ersten Ebene die Fensterscheibe durchdrang.

Dann ging hochmütig die Sonne auf. Als es den östlichen Grat passiert hatte, begann es, wie gewohnt, über Angel's zu herrschen, ließ das Thermometer in ebenso vielen Minuten um zwanzig Grad steigen, trieb die Maultiere in den spärlichen Schatten von Hürden und Zäunen, ließ den roten Staub glühen und … Er erneuerte seine alte herrische Aggression gegen die stacheligen Vorsprünge des konvexen Kiefernschildes, das den Tafelberg verteidigte. Dorthin war um neun Uhr alle Kühle zurückgewichen, und die „Außenseiten" der oberen Bühne tauchten ihre heißen Gesichter in die duftenden Schatten wie in Wasser.

Es war Brauch des Kutschers der Wingdam- Kutsche, seine Pferde anzukurbeln und in jenem bemerkenswerten Tempo in Angel's einzufahren, das die Holzschnitte in der Bar des Hotels für die leichtgläubige Menschheit als die übliche Geschwindigkeit dieses Transportmittels darstellten. In solchen Momenten verstärkte sich der gewohnte Ausdruck verächtlicher Zurückhaltung und träger offizieller Strenge, den er auf dem Bock trug, je mehr sich die Faulenzer um das Fahrzeug versammelten und nur die Kühnsten wagten, ihn anzusprechen. Es war der Hon. Richter Beeswinger ,

Mitglied der Versammlung, der sich heute, vielleicht vorschnell, auf die Stärke seiner offiziellen Position stützte.

„Irgendwelche politischen Neuigkeiten von unten, Bill?" fragte er, als dieser langsam von seinem hohen Platz herabstieg, ohne jedoch eine merkliche Veränderung seiner Miene oder seines Benehmens zu bemerken.

„Nicht viel", sagte Bill mit bewusster Ernsthaftigkeit. „Der Präsident der Vereinigten Staaten ist kein Selbstvertrauen Ich denke, Sie haben diesen Sitz im Kabinett neu besetzt . Der Ginral Das Gefühl , in perlitischen Kreisen zu sein, ist ein Grund zum Bedauern."

Ironie, selbst in dieser ungeheuerlichen Qualität, war bei Angel zu häufig, um ein Lächeln oder ein Stirnrunzeln hervorzurufen. Während einer trockenen, toten Stille, in der nur ein schwacher Geist der Nachahmung überlebte, betrat Bill langsam den Barraum.

Idee von Rothschild auf dieser Reise nicht erwähnt ?" fragte der Barkeeper langsam, um einen vagen Beitrag zum vorherrschenden Gesprächston zu leisten.

„Nein", antwortete Bill mit nachdenklicher Genauigkeit. „Er sagte, er könne sich die Behauptung von Johnson nicht ansehen, ohne vorher die Bank von England zu konsultieren ."

Der Mr. Johnson spielte hier darauf an, als verblasster Nachtschwärmer anwesend zu sein , den der Barkeeper kürzlich hingestellt hatte, und da die angebliche Behauptung für Kapitalisten bekanntermaßen keinerlei Anziehungskraft ausübte, erwartete die Erwartung natürlich, dass er eine Antwort auf diese offensichtliche Herausforderung finden würde. Er tat dies, indem er einfach erklärte, dass er „Zucker nehmen" würde, und indem er unsicher auf die Bar zuging, als würde er eine festliche Einladung annehmen. Zu Bills Verdienst muss man sagen, dass er nicht versuchte, den Fehler zu korrigieren, sondern ernsthaft mit ihm an die Brille fasste und dann sagte: „Hier ist noch ein Nagel in deinem Sarg" – ein heiteres Gefühl, woraufhin er sagte: „Und alle Haare ab." „Deinen Kopf", fügten die anderen scherzhaft hinzu – er schüttete seinen Alkohol mit einer einzigen geschickten Kopf- und Ellbogenbewegung aus und stand erfrischt da.

„Hallo, alter Major!" sagte Bill und stellte plötzlich sein Glas ab. "Bist du da?"

Es war ein Junge, der sich verschämt bewusst wurde, dass dieser Beiname an ihn gerichtet war, und sich seitwärts zur Tür zurückzog, wo er stand und seinen Hut gegen den Türpfosten schlug, mit der Annahme, dass er gleichgültig sei gegenüber seinen niedergeschlagenen, aber fröhlichen dunklen Augen und seiner geröteten Wange kaum gelangweilt. Vielleicht lag es an seiner Größe, vielleicht an einem gewissen engelhaften Umriss von Gesicht und Figur, vielleicht an einer eigentümlichen Vertrauenswürdigkeit im Ausdruck, dass er nicht halb so alt aussah wie er, der in Wirklichkeit vierzehn war.

Jeder in Angel's kannte den Jungen. Entweder unter dem von Bill verliehenen ehrwürdigen Titel oder als „Tom Islington", nach seinem Adoptivvater, war er in der Siedlung eine vertraute Präsenz und Gegenstand zahlreicher lokaler Kritik und Kommentare. Seine Eigensinnigkeit, Trägheit und unerklärliche Liebenswürdigkeit – eine Eigenschaft, die in einer Pioniergemeinschaft wie der von Angel zugleich verdächtig und überflüssig war – war oft Gegenstand heftiger Diskussionen gewesen. Eine große und angesehene Mehrheit glaubte, dass er für den Galgen bestimmt sei; eine nicht ganz so angesehene Minderheit genoss seine Anwesenheit, ohne sich große Sorgen um seine Zukunft zu machen; Für den einen oder anderen waren die bösen Vorhersagen der Mehrheit weder neu noch schrecklich.

„Irgendwas für mich, Bill?" fragte der Junge halb mechanisch, mit der Miene, als würde er eine scherzhafte Formel wiederholen, die Bill perfekt verstanden hatte.

„ Alles für dich!" wiederholte Bill mit einer übertriebenen Strenge, die auch Tommy gut verstand : „ Haben Sie etwas für Sie?" NEIN! Und ich bin der Meinung, dass es nichts für dich geben wird , solange du in Kneipen rumhängst und deine kostbare Zeit mit Faulenzern und Bummern verbringst. Idiot!"

Der Vorwurf wurde von einer angemessen übertriebenen Geste begleitet (Bill hatte sich eine Karaffe geschnappt), bevor sich der Junge immer noch gut gelaunt zurückzog. Bill folgte ihm zur Tür. „Meine Güte, wenn er nicht mit diesem Mistkerl Johnson abgehauen ist", fügte er hinzu, während er die Straße hinunterblickte.

„Was erwartet er , Bill?" fragte der Barkeeper.

„Ein Brief von seiner Tante. Ich gehe davon aus, dass er es in Erwartung herausnehmen wird . Wahrscheinlich sind sie froh, von ihm getrennt zu werden."

„Er führt hier ein träges, müßiges Leben", warf das Mitglied der Versammlung ein.

„Nun", sagte Bill, der es niemandem außer sich selbst erlaubte, seinen Schützling zu beschimpfen, „ da er nicht Erwartet man keine Offiziere aus den Händen einer aufgeklärten Wählerschaft , ist es eher ein arbeitsscheues Leben." Nachdem er diesen parthischen Pfeil mit einem unnötigen Schwirren des Bogens abgefeuert hatte, um seinen anstößigen Charakter anzudeuten, zwinkerte Bill dem Barkeeper zu, zog langsam wieder ein Paar riesiger, bauchiger Wildlederhandschuhe an, die seinen Fingern das Aussehen verliehen, als wären sie schmerzhaft wund und bandagiert, schritt zur Tür, ohne jemanden anzusehen, rief „Alle einsteigen" mit einer oberflächlichen Miene höchster Gleichgültigkeit, ob die Einladung beachtet wurde, bestieg wieder seinen Bock und fuhr stur davon.

Vielleicht war es gut, dass er das tat, denn das Gespräch nahm sofort eine respektlose Haltung gegenüber Tom und seinen Verwandten an. Es wurde mehr als nur angedeutet, dass Toms angebliche Tante niemand anderes als Toms echte Mutter sei, während auch behauptet wurde, dass Toms angeblicher Onkel selbst nicht in einem Ausmaß an dieser intimen Beziehung zu dem Jungen beteiligt gewesen sei, wie es der anspruchsvolle Geschmack von Angel für moralisch und notwendig erachtete . Die allgemeine Meinung ging auch davon aus, dass Islington, der Adoptivvater, der angeblich für die Unterstützung des Jungen ein bestimmtes Stipendium erhielt, dieses als Belohnung für seine Zurückhaltung gegenüber diesen Tatsachen behielt. „Das ist er nicht „Er hat sich selbst ruiniert , indem er es an Tom verschwendet hat ", sagte der Barkeeper, der möglicherweise genaue Kenntnisse über einen Großteil von Islingtons Auszahlungen besaß. Doch zu diesem Zeitpunkt ließ die erschöpfte Natur einiger der Debattierer nach, und er wandte sich von der Frivolität des Gesprächs ab und widmete sich seinen ernsteren beruflichen Pflichten.

Es war auch gut, dass Bills momentane Haltung didaktischer Anstand durch das spätere Verhalten seines Schützlings nicht noch mehr angeheizt wurde. Denn zu diesem Zeitpunkt erreichte Tom, der den instabilen Johnson halb stützte, der die Tendenz entwickelte, gelegentlich über die grelle Straße zu rennen, sich aber jedes Mal auf halbem Weg zurückhielt , den Pferch, der an das Mansion House angrenzte. An seinem äußersten Ende befanden sich eine Pumpe und ein Pferdetrog. Hierher führte Tom seinen Gefährten, ohne ein Wort zu sagen, aber offensichtlich im Gehorsam gegenüber einer gewohnheitsmäßigen Sitte. Mit der Hilfe des Jungen zog Johnson Mantel und Halstuch aus, schlug den Kragen seines Hemdes zurück und legte ernst seinen Kopf unter den Auslauf der Pumpe. Mit gleicher Ernsthaftigkeit und Bedachtsamkeit nahm Tom seinen Platz am Griff ein. Nur das Plätschern des Wassers und das regelmäßige Pumpen der Pumpe durchbrachen für einige Augenblicke die feierlich-lächerliche Stille. Dann entstand eine Pause, in der Johnson seine Hände an seinen tropfenden Kopf legte, ihn kritisch befühlte, als ob er jemand anderem gehörte, und seinen Blick zu seinem Begleiter hob. „Das sollte ES holen", antwortete Tom auf den Blick. „ Wenn nicht", antwortete Johnson hartnäckig und mit der Miene, sich jeder weiteren Verantwortung in dieser Angelegenheit zu entledigen, „so muss es sein, das ist alles!"

Wenn sich „es" auf eine Veränderung in der Physiognomie von Johnson bezog, war „es" wahrscheinlich durch den gerade angedeuteten Prozess „herbeigeholt" worden. Der Kopf, der unter die Pumpe ging, war groß und mit buschigem, unsicher gefärbtem Haar bedeckt; Das Gesicht war gerötet, geschwollen und ausdruckslos, die Augen gerötet und voll. Der Kopf, der unter der Pumpe hervorkam, war kleiner und anders geformt, das Haar glatt, dunkel und glatt, das Gesicht blass und eingefallen, die Augen hell und unruhig. In dem hageren, nervösen Asketen, der sich aus der Pferdetränke erhob, war von dem Bacchus, der sich kurz zuvor dort verneigt hatte, kaum noch etwas zu sehen. Obwohl Tom mit dem Spektakel vertraut gewesen sein musste, konnte er nicht umhin, fragend auf die Mulde zu blicken, als erwarte er, in dessen seichten Tiefen Spuren des vorherigen Johnson zu entdecken.

Ein schmaler Streifen aus Weiden, Erlen und Rosskastanien – lediglich ein staubiger, zerzauster Rand des grünen Mantels, der die hohen Schultern des Tafelbergs überzog – umhüllte den Rand des Geheges. Das schweigsame Paar machte sich selbst den spärlichen Schutz vor der überwältigenden Sonne schnell zunutze. Sie waren noch nicht weit gekommen, als Johnson, der ziemlich schnell vorausging, sich plötzlich aufrichtete und sich mit einem fragenden „Eh?" an seinen Begleiter wandte.

„Ich habe nichts gesagt", sagte Tommy leise.

„Wer hat gesagt, dass du gesprochen hast?" sagte Johnson mit einem schnellen Blick der List. „Natürlich hast du nicht gesprochen, und ich habe auch nicht gesprochen. Niemand sprach. Warum denkst du, dass du gesprochen hast?" fuhr er fort und blickte neugierig in Tommys Augen.

Das Lächeln, das sonst immer auf seinem Gesicht zu sehen war, verschwand rasch, als der Junge leise an die Seite seines Begleiters trat und wortlos seinen Arm nahm.

„Natürlich hast du nicht gesprochen, Tommy", sagte Johnson abschätzig. „Du bist kein Junge, der sich darauf einlässt, einen alten Säufer wie mich zu spielen. Dafür mag ich dich. Das ist es, was ich von Anfang an in dir gesehen habe. Ich sage, der Junge ist nicht „ Er will dich verarschen, Johnson! Du kannst ihm alles geben, wenn du nicht einmal einem Barkeeper trauen kannst. Das habe ich gesagt. Was?"

Diesmal achtete Tommy klugerweise nicht auf das Verhör, und Johnson fuhr fort: „Wenn ich dir noch eine Frage stellen würde, würdest du doch auch nicht mit mir spielen, oder, Tommy?"

„Nein", sagte der Junge.

„Wenn ich Sie fragen würde", fuhr Johnson fort, ohne auf die Antwort zu achten, aber mit wachsender Angst in den Augen und einem nervösen

Zucken seiner Lippen, „ wenn ich Sie zum Beispiel fragen würde , ob das ein Eselskaninchen wäre." Der Scherz ist vergangen, was? Man würde sagen, es war so oder nicht, je nachdem, was der Fall ist. Du würdest da nicht den alten Mann spielen ?"

„Nein", sagte Tommy leise, „es war ein Eselkaninchen."

„Wenn ich Sie fragen würde", fuhr Johnson fort, „ wenn es zum Beispiel einen grünen Hut mit gelben Bändern tragen würde, würden Sie es nicht tun und sagen, dass es so wäre " , fügte er mit Nachdruck hinzu listig, – „ es sei denn, es hätte es getan?"

„Nein", sagte Tommy, „natürlich würde ich das nicht tun; aber dann, sehen Sie, ES TAT ES."

„Das hat es getan?"

„Das hat es getan!" wiederholte Tommy energisch; „ein grüner Hut mit gelben Bändern – und – und – eine rote Rosette."

Rosette nicht gesehen ", sagte Johnson mit langsamer und gewissenhafter Überlegung, aber mit einem offensichtlichen Gefühl der Erleichterung; „Aber das ist es nicht Ich sage : „Es war nicht da, wissen Sie?" Äh?"

Tommy warf seinem Begleiter einen ruhigen Blick zu. Auf seiner aschgrauen Stirn und an den Enden seines strähnigen Haars standen große Schweißperlen; Die Hand, die in seiner Hand krampfhaft zuckte, war kalt und feucht, die andere, die frei war, vollführte eine unbestimmte, zwecklose, ruckartige Bewegung, als ob sie an einem gestörten Mechanismus befestigt wäre. Ohne sichtlich über diese Phänomene besorgt zu sein, blieb Tommy stehen, setzte sich auf einen Baumstamm und bedeutete seinem Begleiter, sich neben ihn zu setzen. Johnson gehorchte wortlos. So unbedeutend die Tat auch war, vielleicht zeigte kein anderer Vorfall ihrer einzigartigen Kameradschaft so deutlich die Dominanz dieses sorglosen, halb verweichlichten, aber selbstbeherrschten Jungen über diesen hartnäckigen, eigenwilligen, ungewöhnlich aufgeregten Mann.

„Es ist nicht das Quadratische", sagte Johnson nach einer Pause mit einem Lachen, das weder fröhlich noch musikalisch war und eine Eidechse verscheuchte, die das Paar mit atemloser Spannung betrachtet hatte, – „Es ist nicht das Quadratische. " Es ist doch etwas für Eselskaninchen, Hüte zu tragen, Tommy, oder?"

„Nun", sagte Tommy mit ungerührter Gelassenheit, „manchmal tun sie es und manchmal nicht. Tiere sind mächtig queer." Und hier begann Tommy mit einem animierten, aber leider völlig unwahren und unglaubwürdigen Bericht über die Gewohnheiten der kalifornischen Fauna, bis er von Johnson unterbrochen wurde.

„Und Schlangen, was, Tommy?" sagte der Mann mit zerstreuter Miene und blickte aufmerksam auf den Boden vor ihm.

„Und Schlangen", sagte Tommy; „Aber sie beißen nicht, zumindest nicht die Art, die Sie sehen. Da! – beweg dich nicht, Onkel Ben, beweg dich nicht; sie sind jetzt weg. Und es ist an der Zeit, dass Sie Ihre Dosis einnehmen."

Johnson war hastig aufgestanden, als wollte er auf den Baumstamm springen, aber Tommy hatte ihn ebenso schnell mit einer Hand am Arm gepackt, während er mit der anderen eine Flasche aus der Tasche zog. Johnson hielt inne und betrachtete die Flasche. „ Wenn du es sagst, mein Junge", stockte er, als sich seine Finger nervös darum schlossen; „Sagen Sie dann ,wann'." Er hob die Flasche an seine Lippen und nahm einen großen Zug, während der Junge ihn kritisch betrachtete. „Wann", sagte Tommy plötzlich. Johnson zuckte zusammen, errötete und gab die Flasche schnell zurück. Aber die Farbe, die in seine Wange gestiegen war, blieb dort, sein Blick wurde weniger unruhig und als sie sich wieder entfernten, war die Hand, die auf Tommys Schulter ruhte, ruhiger.

Ihr Weg führte an der Flanke des Tafelbergs entlang – ein Wanderpfad durch eine verworrene Einsamkeit, die vielleicht jungfräulich und ungebrochen gewirkt hätte, wären da nicht ein paar Austerndosen, Hefepulverdosen und leere Flaschen gewesen, die offenbar vom „Ersten" gestrandet waren Low Wash" von Pionierwellen. Am zerklüfteten Stamm einer riesigen Kiefer hingen ein paar Büschel grauer Haare, die ein vorbeiziehender Grizzly gefangen hatte, aber in seltsamer Anordnung an ihrem Fuß lag eine leere Flasche mit unvergleichlichem Bitterstoff – das Meisterwerk einer hygienischen Zivilisation – und mit einem Wappen versehen mit den Armen einer alles heilenden Republik. Der Kopf einer Klapperschlange lugte aus einer Kiste mit Tabak hervor, die noch immer mit dem farbenprächtigen Bildnis einer beliebten Tänzerin geschmückt war. Und ein wenig dahinter war der Boden gebrochen und rissig, es gab eine wirre Masse grob behauenen Holzes, eine vereinzelte Reihe von Schleusen, einen Haufen Kies und Erde, eine unhöfliche Hütte und das Claim von Johnson.

Abgesehen von den primitivsten Zwecken, Schutz vor Regen und Kälte zu bieten, hatte die Hütte kaum einen Vorteil gegenüber der schlichten Wildheit der umgebenden Natur. Es hatte die ganze praktische Direktheit der Behausung eines Tieres, ohne deren Komfort oder malerische Qualität; Die Vögel, die es auf der Suche nach Nahrung heimsuchten, müssen ihre eigene Überlegenheit als Architekten gespürt haben. Es war unvorstellbar schmutzig, trotz seiner geringen Wachstumsfähigkeit; es war einzigartig altbacken, selbst in seiner Neuheit und Frische des Materials. So unsäglich trostlos es im Schatten lag, das Sonnenlicht traf es auf eine blinde, schmerzende, ziellose Art und Weise, als ob es daran verzweifelte, seine Umrisse weicher zu machen oder es auch nur in Farbe zu bräunen.

Der Anspruch, den Johnson in seinen Nüchternheitspausen geltend machte, wurde durch ein halbes Dutzend grober Öffnungen am Berghang dargestellt, vor deren Mündung sich aufgehäufte Fels- und Kiestrümmer befanden. Sie gaben kaum Hinweise auf technisches Können oder konstruktive Absichten oder zeigten überhaupt etwas anderes als die vagen, nach und nach aufgegebenen Aufsätze ihres Projektors. Heute dienten sie einem anderen Zweck, denn als die Sonne die kleine Hütte fast bis zur Verbrennung erhitzt hatte, die langen, trockenen Dachschindeln aufrollte und aromatische Tränen aus den grünen Kiefernbalken sprießen ließ, führte Tommy Johnson in eine der größeren Öffnungen und warf sich mit einem Gefühl der Befriedigung keuchend auf den felsigen Boden. Hier und da verdichtete sich die dankbare Feuchtigkeit in stillen Wasserpfützen oder in einem monotonen und beruhigenden Tropfen von den darüber liegenden Felsen. Draußen lag das starrende Sonnenlicht – farblos, geklärt, intensiv.

Einige Augenblicke lang lagen sie auf ihren Ellenbogen und dachten glückselig über die Hitze nach, der sie entkommen waren. „Was sagen Sie dazu“, sagte Johnson langsam, ohne seinen Gefährten anzusehen, sondern wandte sich geistesabwesend der Landschaft dahinter zu, „was sagen Sie zu zwei aufeinanderfolgenden Spielen um tausend Dollar?“

„Machen Sie fünftausend“, antwortete Tommy nachdenklich, ebenfalls der Landschaft zugewandt, „und ich bin dabei.“

„Was schulde ich dir jetzt?“ sagte Johnson nach längerem Schweigen.

„Einhundertfünfundsiebzigtausendzweihundertfünfzig Dollar“, antwortete Tommy mit sachlichem Ernst.

„Nun“, sagte Johnson nach einer Überlegung, die der Größe der Transaktion angemessen war, „ wenn Sie gewinnen, nennen Sie es hundertachtzigtausend Runden.“ Krieg ist der Grund ?“

Sie befanden sich in einer alten Blechdose in einer Felsspalte über seinem Kopf. Sie waren fettig und vom Service abgenutzt. Johnson teilte aus, obwohl seine rechte Hand noch unsicher war – er schwebte, nachdem er die Karten fallen gelassen hatte, ziellos um Tommy herum und wurde nur durch eine starke nervöse Anstrengung zurückgerufen. Doch ungeachtet seiner Unfähigkeit, auch nur ehrlich zu manipulieren, hat Mr. Johnson mit solch schamloser Ineffizienz und grundloser Ungeschicklichkeit heimlich einen Schurken vom Ende der Meute verwandelt , dass sogar Tommy gezwungen war, zu husten und sich woanders umzusehen, um seine Verlegenheit zu verbergen. Möglicherweise war der junge Herr aus diesem Grund selbst gezwungen, seiner eigenen Hand zur Korrektur eine wertvolle Karte hinzuzufügen, die über die Zahl hinausging, die er rechtmäßig besaß.

Dennoch war das Spiel unaufregend und lustlos in die Länge gezogen. Johnson hat gewonnen. Mit einem Bleistiftstummel und zitternden Fingern hielt er die Tatsache und den Betrag in umherschweifenden Hieroglyphen in einem Taschentagebuch fest. Dann entstand eine lange Pause, als Johnson langsam etwas aus seiner Tasche zog und es seinem Begleiter hinhielt. Es war offenbar ein mattroter Stein.

„Ef", sagte Johnson langsam, mit seinem alten Gesichtsausdruck einfacher List, „ wenn du zufällig einen Stein in die Hand nimmst , Tommy, was würdest du sagen, dass es das war?"

„Ich weiß es nicht", sagte Tommy.

„Könnten Sie nicht sagen", fuhr Johnson vorsichtig fort, „dass es Gold oder Silber war?"

„Weder noch", sagte Tommy prompt.

„Könnte man nicht sagen, dass es Quecksilber war? Könnten Sie nicht sagen, dass Ef Thar ein Freund von Ihnen war? Ez wusste, dass er zehn Tonnen davon am Tag produzieren musste, und jede Tonne war zweitausend Dollar wert, dass er ein weiches Ding hatte, ein sehr weiches Ding – wenn man zulässt , Tommy, dass du diese Sprache benutzt hast, die du nicht verwendest 'T?"

„Aber", sagte der Junge und kam mit großer Direktheit auf den Punkt, „weißt du, wo man es bekommt? Hast du es geschlagen, Onkel Ben?"

Johnson sah sich aufmerksam um. „Ja , Tommy. Hören. Ich weiß , was das für Wagenladungen davon sind. Aber es gibt nur ein anderes Exemplar – das Gegenstück zu diesem – , das ist oberirdisch und in Frisco. Das ist ein Agent Ich komme in ein oder zwei Tagen vorbei, um mir das anzusehen. Ich habe nach ihm geschickt. Äh?"

Seine hellen, unruhigen Augen waren jetzt auf Tommys Gesicht gerichtet, aber der Junge zeigte weder Überraschung noch Interesse. Am allerwenigsten verriet er, dass er sich an Bills ironische und unbegründete Bestätigung dieses Teils der Geschichte erinnern konnte.

„Niemand weiß es", fuhr Johnson nervös flüsternd fort, „niemand weiß es außer Ihnen und dem Agenten in Frisco." Die Jungs, die im Garten arbeiten , kommen vorbei und sehen, wie der alte Mann scharrt , und keine Anzeichen von Farbe, nicht einmal fauler Quarz; Die Jungs , die im Mansion House herumlungern , sehen den alten Mann frei in den Kneipen herumliegen, und sie lachen und sagen: „Ausgespielt" und grinsend nichts '. Vielleicht denkst du, sie seien Species Suthin jetzt, nicht wahr?" fragte Johnson plötzlich mit einem scharfen, misstrauischen Blick.

Tommy blickte auf, schüttelte den Kopf, warf einen Stein auf ein vorbeikommendes Kaninchen, antwortete aber nicht.

„Als ich dich zum ersten Mal gesehen habe, Tommy", fuhr Johnson offenbar beruhigt fort, „an dem ersten Tag, an dem du für mich gekommen bist und gepumpt hast, einen völlig Fremden, und ich keine Lust dazu habe, rufe ich: ‚Johnson, Johnson'." Sez I, du bist ein Junge, dem du vertrauen kannst. Du bist ein Junge, der dich nicht spielen will; „Du bist ein Kerl, der weiß und quadratisch ist' – weiß und quadratisch, Tommy: Das sind genau die Worte, die ich verwendet habe."

Er hielt einen Moment inne und fuhr dann mit einem vertraulichen Flüstern fort: „‚Sie brauchen Kapital, Johnson', sagte ich, ‚um Ihre Ressourcen zu entwickeln, und Sie wollen einen Partner. Kapital, das Sie schicken können, aber Ihr Partner, Johnson, – Ihr Partner hat recht, Sie . Und sein Name ist Tommy Islington.' Das sind genau die Worte, die ich verwendet habe."

Er blieb stehen und rieb sich die feuchten Hände auf den Knien. „Es ist sechs Monate her , als ich dich zu meinem Partner gemacht habe. Das ist kein bisschen, das ich bei Sinnen gefunden habe , Tommy, das ist nicht ein halbes Jahr, das ich gewaschen habe, das ist nicht eine Schaufel voll Stein, die ich umgedreht habe, aber ich denke, zu dir. „Teilen, und zwar gleichermaßen", sagte ich. Als ich an meinen Agenten schrieb , schrieb ich eine Nachricht für meinen Partner, Tommy Islington, er wollte nicht wissen, ob es sich um einen Mann oder einen Jungen handelte."

Er war näher an den Jungen herangetreten und hätte vielleicht liebkosend seine Hand auf ihn gelegt, aber selbst in seiner offenkundigen Zuneigung lag ein einzigartiges Element ehrfürchtiger Zurückhaltung und sogar Angst – eine Andeutung von etwas, das ihm selbst seine vollsten Vertraulichkeiten verwehrte, eine hoffnungslose Wahrnehmung einer vagen Barriere, die niemals überwunden werden konnte. Vielleicht war ihm zuweilen vage bewusst, dass in den Augen, die Tommy zu ihm richtete, tiefe intellektuelle Wertschätzung, kritischer Humor und sogar weibliche Sanftmut zu erkennen waren, mehr aber nicht. Seine Nervosität wurde durch seine Verlegenheit etwas gesteigert, und er versuchte weiter, sich zu beruhigen, was seine zuckenden weißen Lippen und seine unsicheren Finger erbärmlich grotesk erscheinen ließen. „In meiner Koje liegt ein gesetzeskonform ausgestellter Kaufvertrag für einen Ekal Ich habe die Hälfte der Forderung geteilt, und die Gegenleistung beträgt zweihundertfünfzigtausend Dollar – Spielschulden – Spielschulden von mir an dich, Tommy, – verstehst du?" – nichts konnte in diesem Moment die intensive List seines Auges übertreffen. – „Und dann ist das ein Testament."

"Ein Wille?" sagte Tommy amüsiert und überrascht.

Johnson sah verängstigt aus.

„Äh?" Er sagte hastig: „Was soll das? Wer hat etwas über ein Testament gesagt, Tommy?"

„Niemand", antwortete Tommy mit unerrötender Ruhe.

Johnson fuhr mit der Hand über seine kalte Stirn, wrang mit den Fingern die feuchten Haarspitzen und fuhr fort: „Zeiten, in denen es mir schlecht geht, wie ich es heute war, den Jungs wegen deiner Sez – du Sez vielleicht, Tommy – es ist Whiskey. Das ist es nicht , Tommy. Es ist Pizen – Quecksilber- Pizen . Das ist es, was mit mir los ist. Ich bin gerettet ! Mit Merkery gerettet .

„Ich habe davon schon einmal gehört ", fuhr Johnson fort und appellierte an den Jungen, „und wenn du ein Junge bist, der Permiskus liest, schätze ich, dass du das auch tust ." Diese Männer, die in Zinnober arbeiten, werden früher oder später gerettet . Es wird sie sicher irgendwann einholen . Gerettet durch Merkery ."

„Was wirst du dafür tun?" fragte Tommy.

„Wenn die Zeit naht und mir klar wird, dass das meins ist ", sagte Johnson nachdenklich, „fahre ich nach New York. Ich sage dem Barkeeper des Hotels: „Zeigen Sie mir den größten Arzt hier." Er zeigt es mir. Ich sage ihm: „ Gerettet durch Merkery – ein Jahr standin – wie viel?" Er sagte: „Fünftausend Dollar, und nehmen Sie zwei dieser Pillen vor dem Schlafengehen und eine ganze Menge Pulver zu den Mahlzeiten und kommen Sie in einer Woche wieder." Und in einer Woche gehe ich geheilt zurück und unterschreibe ein entsprechendes Zertifikat ."

Ermutigt durch einen interessierten Blick in Tommys Augen fuhr er fort.

„ Also werde ich geheilt. „Ich gehe zum Barkeeper" und sage: „Zeigen Sie mir das größte und schickste Haus , das Sie zum Verkauf haben ." Und er sagte: „Der größte, natürlich." gehört John Jacob Astor. Und ich sage: „Zeig es ihm", und er zeigt es ihm. Und ich frage: „Was könntest du für dieses Haus verlangen ? " Und er sieht mich verächtlich an und sagt: „Geh weg, alter Mann; Du musst krank sein.' Und ich bringe ihm eins übers linke Auge, und er entschuldigt sich, und ich gebe ihm seinen eigenen Preis für das Haus. Ich statte dieses Haus mit Mahagoni- Möbeln und -Vorrichtungen aus , und so leben wir, du und ich, Tommy, du und ich!"

Die Sonne schien nicht mehr auf den Hügel. Die Schatten der Kiefern begannen über Johnsons Claim zu kriechen und die Luft in der Höhle wurde immer kälter. In der zunehmenden Dunkelheit leuchteten seine Augen hell, als er fortfuhr: „Dann kommt der Tag, an dem wir eine große Auswahl machen ." Wir laden ein Gouverneure , Kongressabgeordnete, Herren der Mode und dergleichen. Und unter ihnen lade ich einen Mann ein, der seinen Kopf sehr hoch hält, einen Mann, den ich einst kannte; aber er weiß nicht, dass ich ihn kenne, und er erinnert sich nicht an mich. Und er kommt und setzt sich mir gegenüber und ich beobachte ihn. Und er ist sehr luftig, dieser Mann, und sehr munter, und er wischt sich den Mund mit einem weißen Tuch ab , und er lächelt, und er sticht mir in die Augen. Und er sagte: „Ein Glas Wein mit Ihnen, Mr. Johnson"; und er füllt sein Glas und ich fülle meins, und wir stehen auf. Und ich schütte den Wein samt Glas und allem direkt in sein verdammt grinsendes Gesicht. Und er springt für mich – denn er ist sehr mutig, dieser Mann, sehr mutig –, aber jemand von ihnen packt ihn und er sagt: „Wer bist du?" Und ich sezte: „Skaggs!" Verdammt, Skaggs! Schau mich an! Gib mir meine Frau und mein Kind zurück, gib mir das Geld zurück, das du gestohlen hast, gib mir den guten Namen zurück, den du mir genommen hast, gib mir die Gesundheit zurück, die du ruiniert hast, gib mir die letzten zwölf Jahre zurück! Gib sie mir, verdammt noch mal, schnell, bevor ich dir das Herz herausschneide !' Und von Natur aus , Tommy, kann er es nicht. Und so schneide ich ihm das Herz heraus, mein Junge; Ich schneide ihm das Herz heraus."

Die rein tierische Wut seines Blicks verwandelte sich plötzlich wieder in List. „Du denkst, sie hängen mich dafür auf, Tommy, aber das tun sie nicht. Nicht viel, Tommy. Ich gehe dort zum größten Anwalt und sage zu ihm: „ Gerettet durch Merkery , – Sie hören mich, – gerettet durch Merkery ." Und er zwinkert mir zu, geht zum Richter und sagt: „Das bist du ." Unglücklicher Mann ist nicht verantwortlich, er wurde durch Merkery gerettet .' Und er bringt Zeugen; Du kommst, Tommy, und du sez ez , wie du mich vorher schlecht gesehen hast; Und der Arzt, er kommt, und er hat das Gefühl, dass er mich schrecklich gesehen hat; und die Geschworenen verkünden, ohne ihre Plätze zu verlassen , ein Urteil über gerechtfertigten Wahnsinn, der durch Merkery gerettet wird ."

In der Aufregung seines Höhepunkts war er aufgestanden, wäre aber gefallen, wenn Tommy ihn nicht aufgefangen und ins Freie geführt hätte. In diesem schärferen Licht war eine seltsame Veränderung in seinem gelbweißen Gesicht sichtbar – eine Veränderung, die Tommy dazu veranlasste, ihn hastig zu unterstützen und ihn halb voran, halb zu der kleinen Hütte zu zerren. Als sie dort angekommen waren, stellte Tommy ihn auf eine grobe „Koje" oder ein Regal und stand einen Moment lang in ängstlicher Betrachtung des vom Zittern geplagten Mannes vor ihm da. Dann sagte er schnell: „Hör zu, Onkel Ben. Ich gehe in die Stadt – in die Stadt, verstehen Sie – zum Arzt. Du darfst auf keinen Fall aufstehen oder dich bewegen, bis ich zurückkomme. Hörst du?" Johnson nickte heftig. „Ich bin in zwei Stunden zurück." Im nächsten Moment war er weg.

Eine Stunde lang hielt Johnson sein Wort. Dann setzte er sich plötzlich auf und begann, starr in eine Ecke der Kabine zu blicken. Als er es ansah, fing er an zu lächeln, als er es ansah, fing er an zu reden, als er es ansah, fing er an zu schreien, vom Schreien ging er in wildes Fluchen und Schluchzen über. Dann lag er wieder still.

Er war so still, dass er für bloße menschliche Augen wie schlafend oder tot aussah. Aber ein Eichhörnchen, das, ermutigt durch die Stille, vom Dach hereingekommen war, blieb an einem Balken über der Koje stehen, denn es sah, dass sich der Fuß des Mannes langsam und vorsichtig auf den Boden bewegte und dass die Augen des Mannes ebenso aufmerksam waren und wachsam wie sein eigenes. Plötzlich standen beide Füße auf dem Boden, noch immer lautlos. Und dann knarrte die Koje, und das Eichhörnchen huschte in die Dachtraufe. Als er wieder hinausschaute, war alles still und der Mann war verschwunden.

Eine Stunde später trafen zwei Maultiertreiber auf der Placerville Road auf einen Mann mit zerzaustem Haar, stechenden, blutunterlaufenen Augen und Kleidung, die von Brombeersträuchern zerrissen und mit dem roten Staub des Berges befleckt war. Sie verfolgten ihn, als er sich heftig nach dem Vordermann umdrehte, ihm eine Pistole aus der Hand riss und sich losmachte. Noch später, als die Sonne hinter Payne's Ridge untergegangen war, knisterte das Unterholz am Deadwood Slope mit einem verstohlenen, aber kontinuierlichen Schritt. Es muss ein Tier gewesen sein , dessen undeutlich umrissener Körper in der zunehmenden Dunkelheit hier und da in undeutlicher, aber unaufhörlicher Bewegung zu sehen war; Es konnte nichts anderes als ein Tier sein, dessen Äußerung gleichzeitig so zusammenhangslos, eintönig und unaufhörlich war. Doch als das Geräusch näher kam und der Chaparral sich trennte, schien es ein Mann zu sein, und dieser Mann Johnson.

Über dem Gebell geisterhafter Hunde, die ihn hart bedrängten und ihn ohne Ruhe oder Gnade vorantrieben; über dem Peitschenhieb einer Geisterpeitsche, die sich um seine Glieder schlängelte, in seinen Ohren sang und ihn ständig nach vorne trieb; Über den Schreien der unreinen Gestalten, die sich um ihn drängten, konnte er noch ein echtes Geräusch erkennen: das Rauschen und Rauschen strömender Wasser. Der Stanislaus River! Tausend Fuß unter ihm trieb die vergilbte Strömung. Trotz all der Schwankungen seines unruhigen Geistes hatte er an einer Idee festgehalten: den Fluss zu erreichen, darin zu baden, ihn zu schwimmen, wenn es sein musste, ihn aber für immer zwischen sich und den bedrohlichen Gestalten zu lassen und für immer darin zu ertrinken trübe Tiefen, die drängenden Gespenster , um in ihrer gelben Flut alle Flecken und Farben der Vergangenheit wegzuwaschen. Und nun sprang er von Felsblock zu Felsblock, von geschwärztem Baumstumpf zu Baumstumpf, von knorrigem Busch zu Busch, wurde für einen Moment gefangen und von festklammernden Ranken zurückgehalten oder stürzte sich hinab in staubige Mulden, bis er, rollend, fallend, rutschend und stolpernd, Er erreichte das Flussufer, fiel darauf, erhob sich, taumelte vorwärts und fiel erneut mit ausgestreckten Armen auf einen Felsen, der der schnellen Strömung entgegensah. Und da lag er wie tot.

Ein paar Sterne tauchten zögernd über Deadwood Slope auf. Ein kalter Wind, der mit dem Untergang der Sonne aufgetaucht war, ließ sie für einen Moment hell erstrahlen, fegte über die erhitzten Flanken des Berges und kräuselte den Fluss. Dort, wo der gefallene Mann lag, machte der Bach eine scharfe Biegung, sodass das rauschende Wasser in den zunehmenden Schatten aus der Dunkelheit zu springen schien und wieder zu verschwinden schien. Verrottetes Treibholz, Baumstämme, Fragmente zerbrochener Schleusen – die Wäsche und Verwüstung vieler Meilen – kamen einen Moment lang in Sicht und waren verschwunden. Aller Verfall, Trümmer und Unrat, der sich im langen Kreislauf von Bergbaulager und Siedlung angesammelt hatte, all der Bodensatz und Abfall einer rohen und mutwilligen Zivilisation, tauchte für einen Moment wieder auf und wurde dann in der Dunkelheit davongejagt und ging verloren. Kein Wunder, dass die Wellen, während der Wind das gelbe Wasser kräuselte, ihre unreinen Hände zu dem Felsen zu heben schienen, auf dem der gefallene Mann lag, als wollten sie ihn ebenfalls losreißen und zum Meer treiben.

Es war sehr still. In der klaren Luft war deutlich ein Horn zu hören, das eine Meile entfernt ertönte. Das Klirren eines Sporens und ein Lachen auf der Autobahn über Payne's Ridge waren deutlich auf der anderen Seite des Flusses zu hören. Das Rasseln von Geschirr und Hufen kündigte viele Minuten lang die Annäherung der Wingdam- Kutsche an, die schließlich mit blinkenden Lichtern nur wenige Fuß an dem Felsen vorbeifuhr. Dann war es wieder eine Stunde lang still. Plötzlich erhob sich der Mond, rund und voll, über den dicht gedrängten Bergrücken und blickte auf den Fluss hinunter. Zuerst schimmerte der kahle Gipfel des Deadwood Hill weiß und schädelartig. Dann verschwanden die auf den Hang geworfenen Schatten von Payne's Ridge langsam und ließen die unförmigen Baumstümpfe, die staubigen Spalten und die anhaftenden Felsvorsprünge von Deadwood Slope in Schwarz und Silber hervorstechen . Das Mondlicht schlich immer noch sanft nach unten, berührte das Ufer und den Felsen und glitzerte dann hell auf dem Fluss. Der Felsen war kahl und der Mann war verschwunden, aber der Fluss strömte immer noch schnell zum Meer.

„Gibt es etwas für mich?" fragte Tommy Islington, als eine Woche später die Bühne im Mansion House auftauchte und Bill langsam den Barraum betrat. Bill antwortete nicht, sondern wandte sich an einen Fremden, der mit ihm eingetreten war, und deutete mit einer Fingerbewegung auf den Jungen. Der Fremde drehte sich halb geschäftlich, halb neugierig um und blickte

Tommy kritisch an. „Gibt es etwas für mich?" wiederholte Tommy, ein wenig verwirrt über das Schweigen und die prüfende Haltung. Bill ging entschlossen zur Bar, lehnte sich mit dem Rücken dagegen und blickte Tommy mit einem Blick zurückhaltender Freude an.

„Ef", bemerkte er langsam, „ egal, hunderttausend Dollar im Voraus und eine halbe Million im Voraus , das ist schon verräterisch , Major, DAS GIBT ES!"

FRAU. SKAGGS' EHEMANN.

TEIL II – OSTEN.

Es war charakteristisch für Angel's, dass das Verschwinden von Johnson und die Tatsache, dass er sein gesamtes Eigentum Tommy hinterlassen hatte, die Gemeinde nur wenig begeisterte, verglichen mit der erstaunlichen Entdeckung, dass er etwas zu hinterlassen hatte. Der Fund eines Zinnobervorkommens bei Angel's absorbierte alle Begleitfakten oder späteren Details. Prospektoren aus angrenzenden Lagern drängten sich in der Siedlung; der Hügel auf beiden Seiten von Johnsons Claim war eine Meile lang abgesteckt und vorbestimmt; Der Handel erhielt einen plötzlichen Aufschwung; und in der aufgeregten Rhetorik des „Weekly Record" hieß es: „Eine neue Ära war bei Angel angebrochen." „Am letzten Donnerstag", fügte die Zeitung hinzu, „wurden über die Bar des Mansion House über fünfhundert Dollar eingenommen."

An Johnsons Schicksal gab es kaum Zweifel. Zuletzt war er von außenstehenden Passagieren des Nachtbusses Wingdam auf einem Felsbrocken am Flussufer liegend gesehen worden , und als Finn von Robinson's Ferry zugab, mit einem Revolver drei Schüsse auf einen dunklen Gegenstand abgefeuert zu haben, der im Wasser in der Nähe der Fähre zappelte, von dem er „verdächtigte", dass es sich um einen Bären handelte, schien die Frage geklärt zu sein. Was auch immer die Fehlschlagigkeit seines Urteils gewesen sein mochte, an der Richtigkeit seines Ziels konnte es keinen Zweifel geben. Der allgemeine Glaube, dass Johnson, nachdem er sich der Pistole des Maultiertreibers bemächtigt hatte, hätte Amok laufen können, verlieh dieser Geschichte eine gewisse vergeltende Gerechtigkeit, die sie für das Lager akzeptabel machte.

Charakteristisch für Angel war auch, dass dort weder Neid noch Widerstand gegen das Glück von Tommy Islington herrschten. Dass er sich Johnsons Entdeckung von Anfang an vollkommen bewusst war und dass seine Aufmerksamkeit ihm gegenüber interessiert, berechnend und spekulativ war, war jedoch die allgemeine Überzeugung der Mehrheit – eine Überzeugung, die auf einzigartige Weise die ersten Gefühle weckte echter Respekt für Tommy, den das Camp jemals gezeigt hat. „Er ist kein Dummkopf; „Yuba Bill hat das von Anfang an gesät", sagte der Barkeeper. Es war Yuba Bill, der die Vormundschaft für Tommy beantragte, nachdem er Johnsons Anspruch übernommen hatte, und auf dessen Anleihen die reichsten Männer von Calaveras vertreten waren. Es war auch Yuba Bill, der Tommy, als er nach Osten geschickt wurde, um seine Ausbildung zu beenden, nach San Francisco begleitete und ihn, bevor er sich von seinem Schützling auf dem Deck des Dampfers trennte, beiseite zog und sagte: „Wenn du zu jeder Zeit Enny willst." Geld, Tommy, über und über deinem Gehalt , schreibst du; Aber wenn Sie meinen Rat beherzigen", fügte er mit einer plötzlichen

Heiserkeit hinzu, die die Strenge seiner Stimme milderte, „werden Sie jeden verdammten , verkrüppelten Mistkerl vergessen, den Sie jemals bei Angel getroffen oder gekannt haben – überhaupt." Ry eins, Tommy, – jedes eins! Und so – Junge – pass auf dich auf – und – und Gott segne dich, und verdammt mich beharrlich für einen erstklassigen Idioten. Es war auch Yuba Bill, der nach dieser Rede wütend in die Runde blickte, mit steifer und aggressiver Schulter die überfüllte Gangplanke hinunterschritt, einen Streit mit seinem Taxifahrer anzettelte und, nachdem er diesen Beamten in sein eigenes Fahrzeug gebündelt hatte, die Zügel übernahm selbst und fuhr wütend zu seinem Hotel. „Es hat mich gekostet", sagte Bill, als er den Vorfall etwas später bei Angel erzählte, „es hat mich ungefähr zwanzig Dollar gekostet, bevor ich am nächsten Morgen zur Kasse ging ; Aber Sie können sicher sein, dass ich ihnen beigebracht habe, dass die Frisco-Leute etwas Neues über das Autofahren gelernt haben. Ich habe es in der Montgomery Street etwa zehn Minuten lang nicht belebt , – O nein!"

Und so verschwanden nach und nach die beiden ursprünglichen Lokalisierer des großen Zinnobererzgangs aus Angels Erinnerung, und Calaveras kannte sie nicht mehr. Innerhalb von fünf Jahren waren ihre Namen vergessen; in sieben Jahren wurde der Name der Stadt geändert; in zehn Jahren wurde die Stadt selbst körperlich an den Berghang verlagert, und der Schornstein der Union Smelting Works flackerte nachts wie ein Leichenlicht über Johnsons Hütte und vergiftete tagsüber die reinen Gewürze der Kiefern. Sogar das Mansion House wurde abgebaut und die Wingdam- Bühne verließ den Highway für einen kürzeren Schnitt von Quicksilver City. Nur der kahle Kamm des Deadwood Hill schnitt wie einst scharf in den klaren blauen Himmel, und an seinem Fuß plätscherte und flüsterte wie einst der Stanislaus River, unermüdlich und unruhig , und eilte zum Meer davon.

Auf dem Atlantik brach träge ein Mittsommertag an. Es wehte nicht genug Wind, um die Dämpfe in der Nebelschwade zu bewegen, aber dort, wo sich die vage Ferne vor einem violetten Himmel abzeichnete, waren stumpfe rote Streifen zu sehen, die, heller werdend, bald die Sterne ausmalten. Bald schienen die braunen Felsen von Greyport leicht überflutet zu sein, und dann wurde die gesamte aschefarbene Linie der toten Küste entzündet, und die Leuchtfeuer der Leuchttürme gingen einer nach dem anderen aus. Und dann starteten hundert Segel, bevor sie unsichtbar wurden, aus dem dunstigen Horizont und drängten auf die Küste zu. Es war tatsächlich Morgen, und einige der besten Leute in Greyport , die die ganze Nacht wach waren, dachten, es sei Zeit, ins Bett zu gehen.

Denn als der Himmel heller aufblitzte, strahlte er die roten Dächer eines malerischen Hauses am Sand aus, das in dieser Nacht vom offenen Gitter und dem beleuchteten Balkon aus Licht und Musik bis zum Ufer spendete. Es glitzerte auf den weiten Kristallflächen eines großen Wintergartens, der auf einen wunderschönen Rasen blickte, wo die ganze Nacht über die vermischten Düfte von Meer und Küste unter dem Sommermond ohnmächtig geworden waren. Aber es verursachte Verwirrung unter den farbigen Lampen auf der langen Veranda und erschreckte eine Gruppe Damen und Herren, die aus dem Wohnzimmerfenster traten, um es zu betrachten. Es war auf seine Weise so eindringlich und aufrichtig, dass, als die Kutsche der schönsten Miss Gillyflower davonrollte, diese unvergleichliche junge Frau, als sie ihr Gesicht im ovalen Spiegel erblickte, sofort die Jalousien herunterzog und die weißesten Schultern schmiegte in Greyport gegen die purpurnen Kissen, schlief ein.

„Wie abgemagert sind doch alle! „Rose, Liebes, du siehst fast intellektuell aus", sagte Blanche Masterman.

„Das hoffe ich nicht", sagte Rose schlicht. „Sonnenaufgänge sind sehr anstrengend. Schauen Sie, wie dieses Rosa Mrs. Brown-Robinson regelmäßig mit all ihren Haaren ausstrahlt!"

„Die Engel", sagte der Graf von Nugat mit einer höflichen Geste zum Himmel, „müssen diese himmlischen Kombinationen für die Toilette sehr schlecht gefunden haben."

„In Weiß sind sie sicher – es sei denn, sie sitzen für ihre Fotos in Venedig", sagte Blanche. „Wie frisch Mr. Islington aussieht! Es ist für uns wirklich unkompliziert."

„Ich nehme an, die Sonne erkennt in mir keinen Rivalen", sagte der junge Mann zurückhaltend. „Aber", fügte er hinzu, „ich habe viel im Freien gelebt und brauche sehr wenig Schlaf."

"Wie entzueckend!" sagte Mrs. Brown-Robinson mit leiser, enthusiastischer Stimme und einer Art, die das glühende Gefühl von sechzehn und die praktischen Erfahrungen von zweiunddreißig in gefährlicher Kombination vereinte; „wie vollkommen entzückend!" Was für Sonnenaufgänge müssen Sie gesehen haben, und das an solch wildromantischen Orten! Wie ich dich beneide! Mein Neffe war ein Klassenkamerad von Ihnen und hat mir oft die bezaubernden Geschichten erzählt, die Sie von Ihren Abenteuern erzählen. Möchtest du es jetzt nicht einigen erzählen? Tun! Wie müssen Sie unserer und dieses künstlichen Lebens hier überdrüssig werden, so schrecklich künstlich, wissen Sie" (im vertraulichen Flüstern); „Und dann denken Sie an die Tage, als Sie mit den Indianern, den Bisons und den Grizzlybären durch den großen Westen streiften! Natürlich haben Sie Grizzlybären und Bisons gesehen ?"

„ Natürlich hat er das, mein Lieber", sagte Blanche ein wenig kleinlich, warf sich einen Umhang über die Schultern und ergriff ihren Begleiter am Arm; „Seine früheste Kindheit wurde von Bisons besänftigt , und er zeigt stolz auf den Grizzlybären als den Spielkameraden seiner Jugend. Komm mit und ich erzähle dir alles darüber. „Wie gut ist es von dir", fügte sie sotto voce zu Islington hinzu, als er neben der Kutsche stand, „wie vollkommen gut von dir, so zu sein wie die Tiere, von denen du uns erzählst, und deine ganze Kraft nicht zu kennen." Überlegen Sie, welche Geschichten Sie mit Ihren Erfahrungen und unserer Leichtgläubigkeit erzählen könnten! Und du gehst zu Fuß? Dann mal gute Nacht." Eine schlanke, behandschuhte Hand wurde offen aus dem Fenster ausgestreckt, und im nächsten Moment rollte die Kutsche davon.

„Verspielt Islington da nicht eine Chance?" sagte Kapitän Merwin auf der Veranda.

„Vielleicht konnte er die übermäßige Anwesenheit meiner lieben Tante nicht ertragen. Aber andererseits ist er der Gast von Blanches Vater, und ich wage zu behaupten, dass sie ohnehin schon genug voneinander sehen."

„Aber ist das nicht eine ziemlich gefährliche Situation?"

„Für ihn vielleicht; obwohl er furchtbar alt und sehr seltsam ist. Für sie, mit einer Erfahrung, die alle verfügbaren Männer in beiden Hemisphären umfasst und mit Nugat dort drüben endet, würde ich sagen, dass ein Mann mehr oder weniger sie sowieso nicht sonderlich beeinflussen würde. Natürlich", lachte er, „sind das die Akzente der Bitterkeit. Aber das war letztes Jahr."

Vielleicht hat Islington den Sprecher nicht belauscht; Wenn ja, dann war die Kritik vielleicht nicht neu. Er wandte sich achtlos ab und schlenderte hinaus auf die Straße zum Meer. Von dort schlenderte er am Sand entlang zu den Klippen, wo er auf ein Hindernis in Form einer Gartenmauer stieß, mit einer gewissen agilen, jungenhaften Leichtigkeit und Erfahrung darüber sprang und über einen offenen Rasen wieder auf die Felsen zuging. Die beste Gesellschaft von Greyport bestand nicht aus Frühaufstehern, und der Anblick eines Eindringlings im Abendkleid erregte nur die Kritik der Pferdeknechte, die in den Ställen herumlungerten, oder der sauberen Hausmädchen auf den breiten Veranden, die in der Greyport-Architektur pflichtbewusst auf das Meer hinausgingen. Nur einmal, als er die Grenzen von Cliffwood Lodge, dem berühmten Sitz von Renwyck Masterman, betrat, wurde er misstrauischer Beobachtungen ausgesetzt; aber eine schleichende Gestalt, die schnell in der Hütte verschwand, konnte ihm beim Vorwärtskommen keinen Widerstand entgegensetzen. Islington vermied den Weg zur Lodge und folgte den Felsen, bis er eine kleine Landzunge und einen rustikalen Pavillon erreichte, sich hinsetzte und auf das Meer blickte.

Und plötzlich beschlich ihn ein unendlicher Frieden. Abgesehen von den Stellen, an denen die Wellen träge die Felsen unten umspülten, schien die weite Fläche dahinter nicht von Wellen unterbrochen zu sein, sondern nur in breiten, wägbaren Schichten und rhythmisch zu wogen, als ob sie noch im Schlaf läge. Die Luft war von einem leuchtenden Dunst erfüllt, der die direkten Sonnenstrahlen einfing und festhielt. In der tiefen Stille, die auf dem Meer lag, kam es Islington so vor, als hätten all die Zärtlichkeit der Kultur, der Zauber des Reichtums und der Zauber der Vornehmheit, die jahrelang auf dieses bevorzugte Ufer gewirkt hatten, auch hier ihren gnädigen Einfluss ausgeweitet. Was für ein verwöhnter und gestreichelter alter Ozean es war; umschmeichelt, geschmeichelt und gefeiert, wo es lag! Eine seltsame Erinnerung an den trüben Stanislaus, der an den asketischen Kiefern vorbeieilte, an die düsteren Umrisse von Deadwood Hill schwamm vor seinen Augen und ließ das Gelbgrün des samtenen Rasens und das anmutige Laub im Gegensatz dazu fast tropisch erscheinen. Und als er nach oben schaute, erblickte er ein paar Meter entfernt ein großes Mädchen, das auf das Meer blickte: Blanche Masterman.

Sie hatte irgendwo ein großes fächerförmiges Blatt gepflückt, das sie wie einen Sonnenschirm hielt, um die blonden Massen ihres Haares zu beschatten und ihre grauen Augen zu verbergen. Sie hatte ihr festliches Kleid mit seinen weiten Volants und Schleppen gegen ein enganliegendes, halbantikes Gewand ausgetauscht, dessen knappe Umrisse die Gliedmaßen weniger wohlgeformt hätten wirken lassen, das aber die anmutigen Kurven und geschwungenen Linien dieser Greyport- Göttin hübsch betonte. Als Islington aufstand, kam sie mit offen ausgestreckter Hand und ungezwungener Haltung auf ihn zu. Hatte sie ihn zuerst beobachtet? Ich weiß nicht.

Sie setzten sich zusammen auf einen rustikalen Sitz, Miss Blanche blickte auf das Meer und beschattete ihre Augen mit dem Blatt.

„Ich weiß nicht wirklich, wie lange ich hier sitze", sagte Islington, „oder ob ich nicht tatsächlich geschlafen und geträumt habe. Es schien ein zu schöner Morgen zu sein, um ins Bett zu gehen. Aber du?"

Hinter dem Blatt war zu erkennen, dass Fräulein Blanche, als sie sich zurückzog, von einem abscheulichen geflügelten Käfer verfolgt worden war, der sich den Bemühungen von ihr und ihrem Dienstmädchen widersetzte, sich zu befreien. Odin, der Spitzhund, hatte darauf bestanden, an der Tür zu kratzen. Und es ließ ihre Augen morgens beim Einschlafen rot werden. Und sie musste früh anrufen. Und das Meer sah wunderschön aus.

„Ich freue mich, Sie hier zu finden, aus welchem Grund auch immer", sagte Islington mit seiner alten Direktheit. „Heute ist, wie Sie wissen, mein letzter Tag in Greyport , und es ist viel angenehmer, unter diesem blauen Himmel Abschied zu nehmen, als selbst unter den wundervollen Fresken Ihres Vaters dort drüben. Ich möchte mich auch an Sie erinnern, als Teil dieser angenehmen Aussicht, die uns allen gehört, und nicht an Sie in der besonderen Umgebung von irgendjemandem."

„Ich weiß", sagte Blanche ebenso direkt, „dass Häuser einer der Mängel unserer Zivilisation sind; aber ich glaube nicht, dass ich die Idee jemals zuvor so elegant ausgedrückt gehört habe. Wohin gehst du?"

„Ich weiß es noch nicht. Ich habe mehrere Pläne. Ich könnte nach Südamerika gehen und Präsident einer der Republiken werden – ich weiß nicht genau, welche. Ich bin reich, aber in dem Teil Amerikas, der außerhalb von Greyport liegt , muss jeder Mann etwas Arbeit haben. Meine Freunde denken, dass ich ein großes Ziel im Leben haben sollte, mit einem großen A. Aber ich wurde als Vagabund geboren, und als Vagabund werde ich wahrscheinlich sterben."

„Ich kenne niemanden in Südamerika", sagte Blanche träge. „Letzte Saison waren zwei Mädchen hier, aber sie trugen im Haus keine Leibchen und ihre weißen Kleider waren nie richtig gemacht. Wenn Sie nach Südamerika reisen, müssen Sie mir schreiben."

"Ich werde. Können Sie mir den Namen dieser Blume nennen, die ich in Ihrem Gewächshaus gefunden habe? Es sieht einer kalifornischen Blüte sehr ähnlich."

"Vielleicht ist es. Vater kaufte es einem halb verrückten alten Mann, der eines Tages hierher kam. Kennst du ihn?"

Islington lachte. "Ich fürchte nicht. Aber lassen Sie mich das auf eine weniger sachliche Art und Weise darstellen."

"Danke schön. Erinnere mich daran, dir eines zurückzugeben , bevor du gehst – oder entscheidest du dich selbst?"

Sie waren beide wie aus einem gemeinsamen Instinkt heraus aufgestiegen.

"Auf Wiedersehen . "

Die kühle, blumenartige Hand lag für einen Moment in seiner.

„Würden Sie mir den Gefallen tun, indem Sie das Blatt kurz vor meiner Abreise beiseite legen?"

„Aber meine Augen sind rot und ich sehe aus wie ein absoluter Schrecken."

Doch nach einer langen Pause flatterte das Blatt herab und ein Paar sehr schöner, aber dennoch sehr klarer und kritischer Augen begegneten ihm. Islington war gezwungen, wegzuschauen. Als er sich wieder umdrehte, war sie verschwunden.

„Herr Hislington , – Sir!"

Es war Chalker, der englische Bräutigam, der vom Laufen außer Atem war.

„ Ich sehe Sie allein, Sir, – bitte um Verzeihung, Sir, – aber da ist eine Person –"

"Eine Person! was zum Teufel meinst du? Sprechen Sie Englisch – nein, verdammt, ich meine nicht", sagte Islington schnippisch.

„Ich habe eine Person getötet, Sir. Bitte um Verzeihung – nichts für ungut – aber kein Gentleman , Sir. In der Bibliothek .

Trotz der völligen Unzufriedenheit mit sich selbst und der vagen Einsamkeit, die ihn plötzlich überkam, war Islington ein wenig amüsiert und fragte, als er zur Lodge ging: „Warum ist er kein Gentleman ?"

„Kein Herr – bitte entschuldigen Sie , Sir – Sie sind ein Mann in Sarvis , Sir. Nimmt mich und so, Herr, wie ich im Grollen am Tor sitze, und stelle sie hin Also , Herr, und sez: „Steck sie in die Tasche, junger Mann, oder ist es eine Straße , die du erwartest, zu sehen, dass du deine alten Hände hochlegst und sie so mit der Hand kreuzt", sez Er. „Alter ard ", sagte er, „in den kurzen Kurven, sonst gehst du kaputt", sagte er. Und bittet um Sie, Sir. Hier entlang, Sir."

Sie betraten die Lodge. Islington eilte durch die lange gotische Halle und öffnete die Tür der Bibliothek.

In einem Sessel in der Mitte des Raumes saß ein Mann und betrachtete offenbar einen großen, steifen gelben Hut mit riesiger Krempe, der vor ihm auf dem Boden lag. Seine Hände ruhten leicht zwischen seinen Knien, aber ein Fuß war auf seltsame Weise an der Seite seines Stuhls hochgezogen. Auf den ersten Blick, den Islington zuwarf, deutete die Haltung auf seltsame, unversöhnliche Weise auf eine Bremse hin. Im nächsten Moment rannte er durch den Raum, streckte beide Hände aus und rief: „Yuba Bill!"

Der Mann erhob sich, packte Islington an den Schultern, drehte ihn herum, umarmte ihn, betastete seine Rippen wie ein gutmütiger Menschenfresser, schüttelte ihm heftig die Hände, lachte und sagte dann etwas reumütig: „Und woher hast du mich gekannt?" ?"

Als Islington sah, dass Yuba Bill sich offensichtlich für eine aufwendige Verkleidung hielt, lachte er und vermutete, dass es ein Instinkt gewesen sein musste.

"Und du?" sagte Bill, hielt ihn auf Armeslänge von sich und musterte ihn kritisch. „Du! – denk mal nach – denk mal nach – ein kleiner Fluch, nicht höher, keine Spur, ein Junge, wie ich mit einer Peitsche im Sekundentakt von der Straße gehuscht bin." , ein Junge, der nie viel Kleidung hatte , wurde zum Sport gemacht!"

Islington erinnerte sich mit einem Schauer lächerlichen Entsetzens daran, dass er immer noch sein Abendkleid trug.

„Verwandelt", fuhr Yuba Bill streng fort, „verwandelte sich in einen Restaurantkellner – ein Garsong !" Äh, Alfonse, bring mir ein Patty de Foy Grass und ein Omelett , demme !"

„Lieber alter Kerl!" sagte Islington lachend und versuchte, seine Hand auf Bills bärtigen Mund zu legen, „aber du – DU siehst nicht ganz wie du selbst aus!" Dir geht es nicht gut, Bill." Und tatsächlich, als er sich dem Licht zuwandte, wirkten Bills Augen höhlenartig, und sein Haar und sein Bart waren voller grauer Strähnen.

„Vielleicht liegt es an deinem Geschirr ", sagte Bill ein wenig besorgt. „Wenn ich mich an diesen Kandarenwagen hänge " (er zeigte auf eine massive goldene Uhrkette mit riesigen Gliedern) „und diesen ‚Morgenstern' besteige" (er zeigte auf eine sehr große Solitärbrosche, die aussah, als würde sie seine ganze Hemdbrust mit Blasen überziehen), „dann lastet das ziemlich schwer auf mir, Tommy. Ansonsten geht es mir gut, mein Junge – alles gut." Aber er wich Islingtons scharfem Blick aus und wandte sich vom Licht ab.

„Du hast mir etwas zu sagen, Bill", sagte Islington plötzlich und mit fast schroffer Direktheit; „raus damit."

Bill sagte nichts, sondern bewegte sich unbehaglich zu seinem Hut.

„Sie sind nicht dreitausend Meilen ohne Vorwarnung gekommen, um mit mir über alte Zeiten zu sprechen", sagte Islington freundlicher , „so froh ich auch gewesen wäre, Sie zu sehen." Das ist nicht deine Art, Bill, und du weißt es. Wir werden hier nicht gestört", fügte er als Antwort auf einen fragenden Blick hinzu, den Bill zur Tür richtete, „und ich bin bereit, Sie zu hören."

„Also zuerst", sagte Bill und rückte seinen Stuhl näher an Islington heran, „beantworte mir eine Frage, Tommy, fair und ehrlich, und auf und ab."

„Weiter", sagte Islington mit einem leichten Lächeln.

„Wenn ich dir heute sagen würde, Tommy, – sage dir heute, genau hierher musst du mit mir kommen – du musst diesen Ort für einen Monat, ein Jahr, vielleicht zwei Jahre, vielleicht für immer verlassen – ist da? Irgendetwas, das dich festhält – irgendetwas, mein Junge, z. B. dass du nicht gehen könntest?"

„Nein", sagte Tommy leise; „Ich bin nur zu Besuch hier. Ich habe daran gedacht, Greyport heute zu verlassen.

„Aber wenn ich dir sagen würde, Tommy, komm mit mir auf eine Reise nach China , nach Japan, nach Südamerika , vielleicht könntest du dann gehen?"

„Ja", sagte Islington nach einer kurzen Pause.

„Da ist nichts " , sagte Bill, rückte ein wenig näher und senkte vertraulich die Stimme . „ Irgendetwas an einer jungen Frau – verstehst du, Tommy – würde dich davon abhalten? Sie sind hier mächtig süß; und ob ein Mann jung oder alt ist, Tommy, es gibt immer eine Frau, die ihm den Rücken freihält oder ihn streichelt!"

In der aufgeregten Bitterkeit, die die Übermittlung dieser abstrakten Wahrheit kennzeichnete, bemerkte Bill nicht, dass das Gesicht des jungen Mannes leicht errötete, als er mit „Nein" antwortete.

"Dann hör zu. Es ist sieben Jahre her, Tommy, als ich in einem der Pioneer-Busse von Gold Hill gearbeitet habe. Als ich vor dem Bühnenbüro stand, kommt der Sheriff des Bezirks zu mir und er sagt: „Bill", sagt er: „Ich habe einen verrückten Kerl, für den ich verantwortlich bin," Ich bringe mich in die Anstalt in Stockton. Er ist ruhig und friedfertig, aber sein Inneres mag es nicht, mit ihm mitzufahren. Hättest du etwas dagegen, ihn auf der Kiste neben dir mitzunehmen? Ich sage: „Nein; stell ihn auf.' Als ich kam, um neben ihm auf die Kiste zu steigen, war dieser Mann, Tommy, – dieser Mann , der still und friedlich da saß – Johnson!

„Er kannte mich nicht, mein Junge", fuhr Yuba Bill fort, erhob sich und legte seine Hände auf Tommys Schultern, „er kannte mich nicht. Er wusste nichts über dich, nichts über Angels, nichts über den Quecksilbervorrat, nicht einmal seinen eigenen Namen. Er sagte, sein Name sei Skaggs, aber ich wusste, dass es Johnson war. Damals, Tommy, hättest du mich mit einer Feder von der Kiste stoßen können; Damals hätte ich es der Gesellschaft nie zufriedenstellend erklären können, wenn die siebenundzwanzig Passagiere dieser Etappe fünfhundert Fuß unter der Straße im American River geschwommen wären – niemals .

„Der Sheriff sagte", fuhr Bill hastig fort, als wolle er jede Unterbrechung durch den jungen Mann verhindern, „der Sheriff sagte, er sei vor drei Jahren in Murphy's Camp gebracht worden, tropfte vor Wasser und litt unter einer Gehirnerschütterung . und wurde im Allgemeinen von der Jungengruppe betreut. Als ich dem Sheriff sagte, dass ich ihn kenne , überredete ich ihn, ihn meiner Obhut zu überlassen; und ich brachte ihn nach Frisco, Tommy, nach Frisco, und ich übertrug ihm die Leitung der besten Ärzte dort und bezahlte seine Verpflegung selbst. Es gab nichts , was er nicht hatte, was er wollte. Schauen Sie nicht so, mein lieber Junge, um Himmels willen, tun Sie das nicht!"

„O Bill", sagte Islington, erhob sich und taumelte zum Fenster, „warum hast du mir das verheimlicht?"

"Warum?" sagte Bill und drehte sich wütend zu ihm um. „Warum? weil ich kein Narr bin. Das warst du, wie du dir im College deinen Weg gebahnt hast

; Das warst DU, der in der Welt auferstanden ist, und zwar von einiger Bedeutung für sie; Du warst ein alter Mistkerl, ez gut , ez tot , – ein Mann , ez Hätte schon einmal tot sein sollen! Ein Mann, der es nie geleugnet hat! Aber er hat Ihnen allen besser gefallen als mir", sagte Bill verbittert.

„Verzeih mir, Bill", sagte der junge Mann und ergriff beide Hände. „Ich weiß, dass du es zum Besten getan hast; aber mach weiter."

„ Viel mehr gibt es nicht zu erzählen, und es hat auch keinen Sinn, es zu erzählen, wie ich sehe", sagte Bill düster. „Er konnte nie geheilt werden, sagten die Ärzte, denn er litt an dem, was sie Monomanie nannten – er redete ständig über seine Frau und seinen Darter, die ihm vor Jahren jemand gestohlen hatte, und plante , sich an diesem Jemand zu rächen. Und vor sechs Monaten wurde er vermisst. Ich habe ihn nach Carson, nach Salt Lake City, nach Omaha, nach Chicago, nach New York und hierher verfolgt!"

"Hier!" wiederholte Islington.

"Hier! Und das ist es, was mich heute hierher bringt. Egal, ob er verrückt ist oder ob er dich jagt oder diesen anderen Mann aufsucht , du musst von hier wegkommen. Du darfst ihn nicht sehen. Du und ich, Tommy, werden eine Kreuzfahrt machen. In drei oder vier Jahren wird er tot oder vermisst sein, und dann kommen wir zurück. Kommen." Und er stand auf.

„Bill", sagte Islington, erhob sich ebenfalls und ergriff die Hand seines Freundes mit der gleichen stillen Hartnäckigkeit, die ihn früher bei Bill beliebt gemacht hatte, „wo immer er ist, hier oder anderswo, ob gesund oder verrückt, ich werde ihn suchen." und finde ihn. Jeder Dollar, den ich habe, soll ihm gehören, jeder Dollar, den ich ausgegeben habe, soll ihm zurückgegeben werden. Ich bin Gott sei Dank noch jung und kann arbeiten; und wenn es einen Ausweg aus diesem elenden Geschäft gibt, werde ich ihn finden."

„Ich wusste", sagte Bill mit einer mürrischen Miene, die seine offensichtliche Bewunderung für die ruhige Gestalt vor ihm kaum verbarg – „ Ich wusste, was für ein verdammter Dummkopf du warst, und hatte nichts Besseres erwartet." Dann auf Wiedersehen – Gott, der Allmächtige! Wer ist er?"

Er war auf dem Weg zum offenen französischen Fenster, aber schon wieder zurückgegangen, sein Gesicht ganz weiß und blutleer und seine Augen starrten. Islington rannte zum Fenster und schaute hinaus. Ein weißer Rock verschwand um die Ecke der Veranda. Als er zurückkam, ließ sich Bill auf einen Stuhl fallen.

„Es muss Miss Masterman gewesen sein, denke ich; aber was ist los?"

„Nichts", sagte Bill schwach; „Haben Sie Whisky zur Hand?"

Islington brachte eine Karaffe, schenkte ein paar Spirituosen ein und reichte Bill das Glas. Bill leerte es und sagte dann: „Wer ist Miss Masterman?"

"Herr. Mastermans Tochter; das heißt, eine Adoptivtochter, glaube ich."

„Welcher Name?"

„Ich weiß es wirklich nicht", sagte Islington kleinlich und verärgerter, als er bei dieser Befragung zugeben wollte.

Yuba Bill stand auf und ging zum Fenster, schloss es, ging wieder zurück zur Tür, warf einen Blick auf Islington, zögerte und kehrte dann zu seinem Stuhl zurück.

„Ich habe dir nicht gesagt, dass ich verheiratet bin – oder?" sagte er plötzlich und blickte in Islingtons Gesicht auf, mit einem erfolglosen Versuch eines rücksichtslosen Lachens.

„Nein", sagte Islington, mehr gequält von der Art und Weise als von den Worten.

„Tatsache", sagte Yuba Bill. „Vor drei Jahren war es, Tommy, – vor drei Jahren!"

Er blickte Islington so eindringlich an, dass er, weil er das Gefühl hatte, dass von ihm etwas erwartet wurde, vage fragte: „Wen hast du geheiratet?"

„Das ist es!" sagte Yuba Bill; „Das kann ich nicht genau sagen; Teilweise aber ein Teufelskerl ! im Allgemeinen die Frau von einem halben Dutzend anderer Männer."

Anscheinend war er es gewohnt, seine ehelichen Unglücklichkeiten unter Männern zum Thema der Heiterkeit zu machen, und als er auf Islingtons ernstem Gesicht keine Spur von Belustigung sah, wurde seine verbissene, rücksichtslose Art sanfter, und indem er seinen Stuhl näher an Islington heranrückte, fuhr er fort: „Alles begann draußen: Wir fuhren eines Abends ziemlich frei die Watson-Straße hinunter, als sich der Expressbote zu mir umdrehte und sagte: „Drinnen gibt es einen Krach, und du solltest besser vorfahren!" Ich halte an und hüpfe heraus, zuerst eine Frau und dann zwei oder drei Kerle, die fluchen und fluchen und versuchen , jemanden wegzuziehen Arter sie. Dann wurde mir klar , Tommy, dass es der betrunkene Ehemann dieser Frau war, den man anklagen wollte , weil er sie in der Kutsche misshandelt und geschlagen hatte ; Und wenn ich nicht gewesen wäre, mein Junge, hätten sie diesen Kerl auf der Straße zurückgelassen. Aber ich bringe die Sache in Ordnung, indem ich sie neben mich auf die Kiste setze, und wir fuhren weiter. Sie war sehr weiß, Tommy – im Übrigen war sie immer eine dieser sehr weißen Frauen, die nie rot im

Gesicht wurden –, aber sie weinte nie. Die meisten Frauen hätten geweint. Es war seltsam, aber sie weinte nie. Das dachte ich damals.

„Sie war sehr groß und hatte jede Menge helles Haar, das ihr über den Hinterkopf fiel, so lang wie eine Peitschenpeitsche aus Hirschhaut und ungefähr in derselben Farbe. Sie hatte Augen , die einen auf fünfzig Meter Entfernung durchbohrt hätten, und schäbige Hände und Füße. Und als sie sich aus diesem steifen, narkotisierten Zustand erholt hatte, in dem sie sich befand, und ein wenig aufwärmte und munter wurde, bei Gott, Sir, war sie hübsch – das war sie!"

Etwas errötet und verlegen über seinen eigenen Enthusiasmus hielt er inne und sagte dann beiläufig: „Sie sind bei Murphy ausgestiegen."

„Nun", sagte Islington.

„Nun, ich habe sie früher oft gesehen Dann , und als sie allein war, nahm sie immer den Logenplatz ein. Sie erzählte mir freundlicher von ihren Problemen, wie ihr Mann betrunken war und sie misshandelte; und ich habe nicht viel von ihm gesehen, denn er war in Frisco Arter unterwegs das . Aber es war alles klar, Tommy, – zwischen mir und ihr war alles klar.

„Ich habe dort ein gutes Geschäft gemacht, und dann dachte ich mir eines Tages: ‚Bill, das geht nicht' und bin auf eine andere Route umgestiegen. Kannten Sie jemals Jackson Filltree , Tommy?" sagte Bill und brach plötzlich ab.

"NEIN."

„Vielleicht haben Sie von ihm gehört , vielleicht ?"

„Nein", sagte Islington ungeduldig.

„Jackson Filltree leitete den Express von White's nach Summit, über den North Fork des Yuba. Eines Tages sagte er zu mir: ‚Bill, das ist eine furchtbar schlimme Furt am North Fork.' Ich sagte: ‚Das glaube ich dir, Jackson.' ‚Eines Tages wird es mich schon erwischen, Bill, ganz bestimmt', sagte er. Ich sagte: ‚Warum nimmst du nicht die untere Furt?' ‚Ich weiß nicht', sagte er, ‚aber ich kann nicht.' Also sagte er immer, wenn ich ihn danach traf: ‚Der North Fork hat mich noch nicht erwischt.' Eines Tages war ich in Sacramento, und da kam Filltree . Er sagte: ‚Ich habe das Expressgeschäft wegen des North Fork verkauft, aber es wird mich bestimmt noch erwischen, Bill, ganz bestimmt'; und er lachte. Zwei Wochen später fanden sie seine Leiche unterhalb der Furt, die er zu überqueren versuchte, als er von Summit herunterkam . Die Leute sagten, es sei Unsinn: Tommy, ich sage, es war Schicksal! Am zweiten Tag , nachdem ich auf die Placerville-Route umgestellt worden war, kam die Frau aus dem Hotel über der Postkutschenstation. Ihr Mann, sagte sie, liege krank in Placerville; das hat sie gesagt; aber es war

Schicksal, Tommy, Schicksal. Drei Monate später nimmt ihr Mann eine Überdosis Morphium gegen Delirium tremens und stirbt. Es gibt Leute, die sagen , sie hätte es ihm gegeben, aber es ist Schicksal. Ein Jahr später heiratete ich sie – Schicksal, Tommy, Schicksal!

„Ich habe drei Monate mit ihr gelebt", fuhr er nach einem langen Atemzug fort, „drei Monate! Es ist nicht viel Zeit für einen glücklichen Mann. Ich habe in meinem Leben viel hartes Leben erlebt, aber in diesen drei Monaten gab es Tage, die länger waren als jeder andere Tag in meinem Leben – Tage, Tommy, an denen es ein Rätsel war, ob ich sie oder sie töten sollte Mich. Aber so, ich bin fertig. Du bist ein junger Mann, Tommy, und ich nicht Ich werde Dinge erzählen , die ich, so alt ich auch bin, vor drei Jahren nicht glauben konnte."

Als er schließlich, sein grimmiges Gesicht dem Fenster zugewandt, schweigend mit geballten Händen auf den Knien vor sich saß, fragte Islington, wo seine Frau jetzt sei.

„Frag mich nicht mehr, mein Junge, – nicht mehr. Ich habe mein Wort gesagt." Mit einer Geste, als würde er ein Paar Zügel vor sich hinwerfen, erhob er sich und ging zum Fenster.

„Du verstehst schon, Tommy, warum mir eine kleine Weltreise gut tun sollte . Wenn du nicht mit mir gehen kannst, schön und gut. Aber geh, ich muss."

„Nicht vor dem Mittagessen, hoffe ich", sagte eine sehr süße Stimme, als Blanche Masterman plötzlich vor ihnen stand. „Vater würde es mir nie verzeihen, wenn ich in seiner Abwesenheit einem von Mr. Islingtons Freunden erlauben würde, diesen Weg zu gehen. Du wirst bleiben, nicht wahr? Tun! Und du wirst mir jetzt deinen Arm geben; und wenn Mr. Islington mit dem Starren fertig ist, wird er uns ins Esszimmer folgen und Sie vorstellen."

„Ich habe mich ganz in Ihren Freund verliebt", sagte Miss Blanche, als sie im Wohnzimmer standen und die Gestalt Bills betrachteten, der mit seiner kurzen Pfeife im Mund durch das ferne Gebüsch spazierte. „Er stellt jedoch sehr seltsame Fragen. Er wollte den Mädchennamen meiner Mutter wissen."

„Er ist ein ehrlicher Kerl", sagte Islington ernst.

„Du bist sehr zurückhaltend. Sie danken mir wohl nicht dafür, dass ich Sie und Ihren Freund hier behalten habe; aber du konntest nicht gehen, weißt du, bis Vater zurückkam."

Islington lächelte, aber nicht sehr fröhlich.

„Und dann denke ich, dass es für uns viel besser ist, uns hier unter diesen Fresken zu trennen, nicht wahr? Auf Wiedersehen . "

Sie streckte ihre lange, schlanke Hand aus.

„Dort draußen im Sonnenlicht, als meine Augen rot waren, wolltest du mich unbedingt ansehen", fügte sie mit gefährlicher Stimme hinzu.

Islington blickte ihr traurig in die Augen. Etwas, das auf ihren eigenen süßen Wimpern glitzerte, zitterte und fiel.

„Blanche!"

Sie war jetzt rosig genug und hätte ihre Hand zurückgezogen, aber Islington hielt sie zurück. Sie war sich nicht ganz sicher, dass auch ihre Taille gefährdet war. Dennoch konnte sie nicht umhin zu sagen: „Sind Sie sicher, dass einer jungen Frau nichts im Wege steht, was Sie halten könnte?"

„Blanche!" sagte Islington in vorwurfsvollem Entsetzen.

„Wenn Herren ihre Geheimnisse vor einem offenen Fenster ausbrüllen, während eine junge Frau auf einem Sofa auf der Veranda liegt und einen dummen französischen Roman liest, dürfen sie sich nicht wundern, wenn sie ihnen mehr Aufmerksamkeit schenkt als ihrem Buch."

„Dann weißt du alles, Blanche?"

„Ich weiß", sagte Blanche, „mal sehen – ich kenne den besonderen Stil von – ähm! – du Narr warst und habe nichts Besseres erwartet. Auf Wiedersehen ." Und wie eine liebliche und unschuldige Milchschlange glitt sie aus seinem Griff und stahl sich davon.

Unter dem angenehmen Plätschern der Wellen, dem Klang von Musik und leichten Stimmen ging der gelbe Mittsommermond wieder über Greyport auf . Es blickte auf formlose Fels- und Gebüschmassen, weite Rasen- und Strandflächen und eine schimmernde Wasserfläche. Es markierte bestimmte Objekte – ein weißes Segel am Ufer, eine Kristallkugel auf dem Rasen und blitzte auf etwas, das zwischen den Zähnen einer hockenden Gestalt gehalten wurde, die die niedrige Mauer der Cliffwood Lodge erklomm. Dann, als ein Mann und eine Frau aus dem Schatten des Laubwerks in das offene Mondlicht des Gartenwegs traten, sprang die Gestalt von der Wand und stand aufrecht und wartend im Schatten.

Es war die Gestalt eines alten Mannes mit rollenden Augen, der mit zitternder Hand ein langes, scharfes Messer umklammerte – eine Gestalt, die eher bemitleidenswert als erbarmungslos, eher erbärmlich als schrecklich war. Doch im nächsten Moment wurde ihm das Messer aus der Hand gerissen und er kämpfte im festen Griff einer anderen Gestalt, die offenbar neben ihm aus der Wand sprang.

„Verdammt, Masterman!" schrie der alte Mann heiser; „Gib mir faires Spiel, und ich werde dich noch töten!"

„Mein Name ist Yuba Bill", sagte Bill leise, „und es ist Zeit, dass dieser verdammte Blödsinn aufhört."

Der alte Mann starrte Bill wütend ins Gesicht. "Ich kenne Sie. Du bist einer von Mastermans Freunden, – verdammt, – lass mich gehen, bis ich ihm das Herz herausschneide, – lass mich gehen! Wo ist meine Maria? – wo ist meine Frau? – da ist sie! da! – da! – da! Maria!" Er hätte geschrien, aber Bill legte seine kräftige Hand auf seinen Mund, als er sich in die Richtung drehte, in die der alte Mann blickte. Im Mondlicht zeichneten sich deutlich die Gestalten von Islington und Blanche ab, Arm in Arm, auf dem Gartenweg.

„Gib mir meine Frau!" murmelte der alte Mann heiser zwischen Bills Fingern. "Wo ist sie?"

Plötzlich huschte Wut über Yuba Bills Gesicht. „Wo ist deine Frau?", wiederholte er, drückte den alten Mann gegen die Gartenmauer und hielt ihn dort wie in einem Schraubstock fest. „Wo ist deine Frau?", wiederholte er und bohrte sein grimmiges, sarkastisches Kinn und seine wilden Augen in das verängstigte Gesicht des alten Mannes. „Wo ist Jack Adams Frau? Wo ist MEINE Frau? Wo ist die Teufelin, die einen Mann in den Wahnsinn trieb, die einen anderen eigenhändig in die Hölle schickte, die mich für immer brach und ruinierte? Wo ! Wo ! Fragen Sie, wo? Im Gefängnis in Sacramento – im Gefängnis, hören Sie? – im Gefängnis wegen Mordes, Johnson – Mordes!"

Der alte Mann schnappte nach Luft, versteifte sich und rutschte dann, als er sich entspannte, plötzlich wie eine bloße leblose Masse zu Yuba Bills Füßen. Mit einem plötzlichen Gefühlsabstoß ließ sich Yuba Bill neben ihn fallen, hob ihn zärtlich in seine Arme und flüsterte: „Schau auf, alter Mann, Johnson! Schauen Sie auf, um Himmels willen! – ich bin es, – Yuba Bill! Und da drüben ist deine Tochter, und – Tommy! – weißt du nicht – Tommy, der kleine Tommy Islington?"

Johnsons Augen öffneten sich langsam. Er flüsterte: „Tommy! Ja, Tommy! Setz dich zu mir, Tommy. Aber setz dich nicht so nah ans Ufer. Siehst du nicht, wie der Fluss steigt und mir winkt – zischend und über die Felsen brodelnd ? Er kommt höher! – halt mich, Tommy – halt mich und lass mich noch nicht los. Wir werden überleben, um ihm das Herz herauszuschneiden, Tommy – wir werden überleben – wir werden –" Sein Kopf sank, und der rauschende Fluss, unsichtbar für alle Augen außer seinem, sprang aus der Dunkelheit auf ihn zu und trug ihn fort, nicht mehr in die Dunkelheit, sondern durch sie hindurch zum fernen, friedlich glänzenden Meer.

WIE DER WEIHNACHTSMANN ZU SIMPSONS BAR KAM.

Im Tal des Sacramento hatte es geregnet. Der North Fork war über die Ufer getreten und Rattlesnake Creek war unpassierbar. Die wenigen Felsbrocken, die die Sommerfurt bei Simpson's Crossing markiert hatten, wurden von einer riesigen Wasserfläche verdeckt, die sich bis zu den Ausläufern der Berge erstreckte. Der Aufstieg auf die Bühne wurde bei Grangers gestoppt; Die letzte Post war in Tules zurückgelassen worden , der Reiter schwamm um sein Leben. „Ein Gebiet", bemerkte die „Sierra Avalanche" mit nachdenklichem lokalen Stolz, „so groß wie der Bundesstaat Massachusetts steht jetzt unter Wasser."

Auch in den Vorbergen war das Wetter nicht besser. Der Schlamm lag tief auf der Bergstraße; Wagen, die weder mit körperlicher Gewalt noch mit moralischer Verleugnung von den bösen Wegen, auf die sie geraten waren, abbringen konnten, versperrten die Strecke, und der Weg zu Simpson's Bar war durch zerrüttete Gespanne und heftiges Fluchen gekennzeichnet. Und weiter weg, abgeschnitten und unzugänglich, verregnet und verwahrlost, von starken Winden heimgesucht und von Hochwasser bedroht, klammerte sich Simpson's Bar am Vorabend des Weihnachtstages 1862 wie ein Schwalbennest an das felsige Gebälk und die zersplitterten Kapitelle von Table Mountain und zitterte in der Explosion.

Als die Nacht über der Siedlung hereinbrach, leuchteten ein paar Lichter durch den Nebel aus den Fenstern der Hütten auf beiden Seiten der Straße, die jetzt von gesetzlosen Bächen überquert und durchzogen und von plündernden Winden heimgesucht wurde. Glücklicherweise versammelte sich der Großteil der Bevölkerung in Thompsons Laden um einen glühenden Ofen, auf den sie schweigend spuckten, in einem akzeptierten Sinn sozialer Verbundenheit, der Gespräche vielleicht überflüssig machte. Tatsächlich waren die meisten Möglichkeiten der Ablenkung in Simpson's Bar längst ausgeschöpft; Das Hochwasser hatte die regulären Beschäftigungen in der Schlucht und am Fluss zum Erliegen gebracht, und der daraus resultierende Mangel an Geld und Whisky hatte den meisten illegitimen Freizeitaktivitäten den Reiz genommen. Sogar Mr. Hamlin verließ die Anwaltskammer gern mit fünfzig Dollar in der Tasche – dem einzigen tatsächlich realisierten Betrag der großen Summen, die er in der erfolgreichen Ausübung seines mühsamen Berufs gewonnen hatte. „Wenn ich gebeten würde", bemerkte er etwas später, „ wenn ich gebeten würde, ein kleines Dorf zu finden, in dem sich ein pensionierter Sportler, der sich nicht um Geld kümmert , regelmäßig und lebhaft bewegen könnte, würde ich Simpson's Bar sagen." ; aber für einen jungen Mann mit einer großen Familie, die von seinen Anstrengungen abhängig ist, lohnt es sich nicht." Da die Familie von Herrn Hamlin hauptsächlich aus erwachsenen Frauen bestand, wird diese Bemerkung eher zitiert, um die Breite seines Humors zu zeigen, als um das genaue Ausmaß seiner Verantwortung zu verdeutlichen.

Allerdings saßen die unbewussten Objekte dieser Satire an diesem Abend in der lustlosen Apathie, die aus Müßiggang und mangelnder Aufregung resultierte. Selbst das plötzliche Klatschen der Hufe vor der Tür weckte sie nicht. Nur Dick Bullen hielt inne, während er seine Pfeife herauskratzte, und hob den Kopf, aber kein anderer aus der Gruppe zeigte Interesse an dem Mann, der eintrat, oder erkannte ihn wieder.

Es handelte sich um eine Figur, die dem Unternehmen durchaus vertraut war und in Simpson's Bar als „The Old Man" bekannt war. Ein Mann von vielleicht fünfzig Jahren; ergraut und spärlich behaart, aber immer noch frisch und jugendlich im Teint. Ein Gesicht voller bereitwilliger, aber nicht sehr starker Sympathie, mit einer chamäleonartigen Fähigkeit, die Schattierungen und Farben benachbarter Stimmungen und Gefühle anzunehmen. Offensichtlich hatte er gerade ein paar lustige Begleiter zurückgelassen und bemerkte zunächst nicht den Ernst der Gruppe, sondern klopfte dem Mann, der ihm am nächsten stand, scherzhaft auf die Schulter und warf sich auf einen freien Stuhl.

„Jest hörte das Beste, Jungs! Weißt du, Smiley, über dich, Jim Smiley, der lustigste Mann in der Bar? Nun ja, Jim hat nur die reichhaltigste Geschichte erzählt über …"

„Smiley ist ein —— Idiot", unterbrach eine düstere Stimme.

„Ein besonderes – Stinktier", fügte ein anderer mit Grabakzenten hinzu.

Auf diese positiven Aussagen folgte Schweigen. Der alte Mann blickte sich schnell in der Gruppe um. Dann veränderte sich sein Gesicht langsam. „Das ist so", sagte er nachdenklich nach einer Pause, „ sicherlich eine Art Stinktier und Idiot von einem Idioten." Im Kurs." Er schwieg einen Moment lang, als wäre er in schmerzlicher Betrachtung über die Unappetitlichkeit und Torheit des unbeliebten Smileys versunken. „Düsteres Wetter, nicht wahr ?" fügte er hinzu, der sich nun voll und ganz dem Strom der vorherrschenden Stimmung angeschlossen hatte. „Mächtige harte Vorwürfe gegen die Jungs und keine Show für Geld in dieser Saison. Und morgen ist Weihnachten."

Bei dieser Ankündigung gab es eine Bewegung unter den Männern, aber ob aus Befriedigung oder Abscheu, war nicht klar. „Ja", fuhr der alte Mann in dem traurigen Ton fort, den er in den letzten paar Augenblicken unbewusst angenommen hatte, „ja, Weihnachten und der Heiligabend heute Abend." Seht ihr, Jungs, dachte ich netter – das heißt, ich hatte irgendwie eine Idee, scherzhaft , wisst ihr –, dass ihr vielleicht alle heute Abend zu mir nach Hause kommen und eine Art Tränenrunde haben wollt . Aber ich nehme an, das würdest du nicht tun? Vielleicht hast du keine Lust dazu?" fügte er mit besorgtem Mitgefühl hinzu und blickte in die Gesichter seiner Gefährten.

„Nun, ich weiß es nicht", antwortete Tom Flynn mit einer gewissen Fröhlichkeit. „ Vielleicht können wir. Aber was ist mit deiner Frau, alter Mann? Was sagt SIE dazu?"

Der Alte zögerte. Seine Ehe war nicht glücklich gewesen, und das war der Simpson's Bar bekannt. Seine erste Frau, eine zarte, hübsche kleine Frau, hatte im Verborgenen sehr unter den eifersüchtigen Verdächtigungen ihres Mannes gelitten, bis er eines Tages die ganze Bar zu sich nach Hause einlud, um ihre Untreue aufzudecken. Als die Gesellschaft ankam, fand sie das schüchterne, zierliche Geschöpf ruhig bei ihren Haushaltspflichten und zog sich beschämt und beunruhigt zurück. Aber die sensible Frau erholte sich nicht leicht von dem Schock dieser außergewöhnlichen Schandtat. Nur mit Mühe fand sie ihre Gelassenheit wieder, um ihren Geliebten aus dem Schrank zu befreien, in dem er sich versteckt hatte, und mit ihm zu fliehen. Sie ließ einen dreijährigen Jungen zurück, um ihren trauernden Mann zu trösten. Die jetzige Frau des Alten Mannes war seine Köchin gewesen. Sie war groß, treu und aggressiv.

Bevor er antworten konnte, deutete Joe Dimmick mit großer Direktheit an, dass es sich um das „Haus des alten Mannes" handele und dass er unter Berufung auf die göttliche Macht, wenn es um seinen eigenen Fall ginge, jeden einladen würde, den er wollte, selbst wenn er dadurch in Gefahr geriet seine Rettung. Die Mächte des Bösen, so bemerkte er weiter, sollten vergeblich gegen ihn kämpfen. All dies wurde mit einer Prägnanz und Kraft vorgetragen, die in dieser notwendigen Übersetzung verloren geht.

"Im Kurs. Sicherlich. „Das ist es", sagte der alte Mann mit einem mitfühlenden Stirnrunzeln. „Das mit THET ist kein Problem. Es ist mein eigenes Haus, ich habe jeden Stock selbst gebaut. Habt keine Angst vor ihr, Jungs. Sie KANN ein bisschen hart zurechtkommen , wie wir es tun, aber sie wird schon zurechtkommen." Insgeheim vertraute der alte Mann auf die Begeisterung des Alkohols und die Kraft eines mutigen Beispiels, um ihn in einer solchen Notlage zu unterstützen.

Bisher hatte Dick Bullen, das Orakel und Anführer von Simpson's Bar, nicht gesprochen. Er nahm nun seine Pfeife von den Lippen. „Alter Mann, wie geht 's deinem Johnny ? Mir kommt es so vor, als hätte er das letzte Mal, als ich ihn auf den steilen, wuchtigen Felsen bei Chinamen gesät habe, nicht so mürrisch ausgesehen. Es schien kein großes Interesse daran zu haben. Gestern war es eine Bande von ihnen , die flussaufwärts ertrunken sind , und ich dachte freundlicher an Johnny und wie sehr er sie vermissen würde ! Vielleicht wären wir jetzt im Weg, wenn er krank wäre ?"

Der Vater, der offensichtlich nicht nur von diesem erbärmlichen Bild von Johnnys Entbehrungen berührt war, sondern auch von der rücksichtsvollen Zartheit des Sprechers, beeilte sich, ihm zu versichern, dass es Johnny besser ginge und dass „ein bisschen Spaß ihn vielleicht ‚aufmuntern' würde". Daraufhin stand Dick auf, schüttelte sich und sagte: „Ich bin bereit. „Geh voran, alter Mann: Hier geht's", er selbst ging mit einem Satz, einem charakteristischen Heulen, voran und schoss hinaus in die Nacht. Als er durch den Vorraum ging, fing er ein loderndes Feuer aus dem Kamin ein. Die Aktion wurde vom Rest der Gruppe wiederholt, indem sie dicht hintereinander folgten und sich gegenseitig mit den Ellenbogen stießen, und bevor der erstaunte Besitzer von Thompsons Lebensmittelgeschäft die Absicht seiner Gäste bemerkte, war der Raum verlassen.

Die Nacht war stockfinster. Im ersten Windstoß wurden ihre provisorischen Fackeln gelöscht, und nur die roten Fackeln, die wie betrunkene Irrlichter in der Dunkelheit tanzten und huschten, zeigten ihren Aufenthaltsort an. Ihr Weg führte den Pine-Tree Canyon hinauf, an dessen Spitze sich eine breite, niedrige, mit Rinde gedeckte Hütte in den Berghang eingegraben hatte. Es war das Zuhause des Alten Mannes und der Eingang zum Tunnel, in dem er arbeitete, wenn er überhaupt arbeitete. Hier hielt die Menge einen Moment inne, aus zarter Ehrerbietung gegenüber ihrem Gastgeber, der keuchend von hinten herankam.

„ Vielleicht wartest du noch einen Moment , während ich hineingehe und schaue, ob alles in Ordnung ist", sagte der alte Mann mit einer Gleichgültigkeit, die er alles andere als empfand. Der Vorschlag wurde gnädig angenommen, die Tür öffnete und schloss sich vor dem Gastgeber, und die Menge, die sich mit dem Rücken an die Wand lehnte und unter dem Dachdach kauerte, wartete und lauschte.

Für einige Momente war kein Geräusch zu hören außer dem Tropfen von Wasser von der Dachrinne und dem Rühren und Rascheln der miteinander ringenden Äste über ihnen. Dann wurden die Männer unruhig, und geflüsterte Andeutungen und Verdächtigungen gingen von einem zum anderen über. „Ich schätze, sie ist ihm schon beim ersten Lecken in den Kopf gefallen!" „Hat ihn wahrscheinlich durch den Tunnel gelockt und dort eingesperrt." „Habe ihn runtergeholt und mich auf ihn gesetzt ." „ Wahrscheinlich bilin Suthin, um uns anzugreifen: Haltet euch von der Tür fern, Jungs!" Denn in diesem Moment klickte der Riegel, die Tür öffnete sich langsam und eine Stimme sagte: „Komm raus aus dem Nass."

Die Stimme war weder die des alten Mannes noch die seiner Frau. Es war die Stimme eines kleinen Jungen, deren schwache Höhen von jener übernatürlichen Heiserkeit unterbrochen wurden, die nur Vagabundieren und die Gewohnheit vorzeitiger Selbstbehauptung hervorrufen können. Es war das Gesicht eines kleinen Jungen, der zu ihrem Gesicht aufsah – ein Gesicht, das vielleicht hübsch und sogar kultiviert gewesen wäre, wenn es nicht durch böses Wissen von innen und Schmutz und harte Erfahrung von außen verdunkelt worden wäre. Er hatte eine Decke um die Schultern und war offenbar gerade aus seinem Bett aufgestanden. „Kommen Sie herein", wiederholte er, „und machen Sie keinen Lärm. „Der alte Mann redet da drin mit Mar", fuhr er fort und zeigte auf einen angrenzenden Raum, der wie eine Küche aussah, aus der die Stimme des alten Mannes mit abfälligem Akzent kam. „Lass mich in Ruhe", fügte er mürrisch zu Dick Bullen hinzu, der ihn mit Decke und allem eingeholt hatte und so tat, als würde er ihn ins Feuer werfen, „lass mich los, du verdammter alter Narr, Hast du gehört?"

So beschworen, ließ Dick Bullen Johnny mit unterdrücktem Lachen zu Boden fallen, während die Männer leise eintraten und sich um einen langen Tisch aus rohen Brettern aufstellten, der die Mitte des Raumes einnahm. Dann ging Johnny ernst zu einem Schrank und holte mehrere Artikel heraus, die er auf den Tisch legte. „Das ist Whisky. Und Cracker. Und rote Reiher. Und Käse." Auf dem Weg zum Tisch biss er davon ab. „Und Zucker." Unterwegs nahm er mit einer kleinen, sehr schmutzigen Hand einen Bissen davon . „Und Terbacker . Thar hat auch getrocknete Äpfel im Regal, aber ich bewundere sie nicht . Appils schwillt an . Thar", schloss er, „jetzt watet hinein und habt keine Angst. Ich habe nichts gegen die alte Frau. Sie nicht B'lang zu MIR. S'long .

Er war an die Schwelle eines kleinen Zimmers getreten, das kaum größer als ein Schrank war und von der Hauptwohnung abgetrennt war und in dessen düsterer Nische ein kleines Bett stand. Er stand einen Moment da und blickte auf die Gesellschaft, wobei seine nackten Füße unter der Decke hervorschauten, und nickte.

„Hallo, Johnny! Das bist du nicht Ihr werdet doch wieder abgeben , oder?" sagte Dick.

„Ja, das bin ich ", antwortete Johnny entschieden.

„Warum, was geht , alter Kerl?"

"Ich bin krank."

"Wie krank!"

„Ich habe Fieber . Und Kinderblains . Und Roomatiz ", erwiderte Johnny und verschwand im Inneren. Nach einer kurzen Pause fügte er im Dunkeln, offenbar unter der Bettdecke hervor, hinzu: „Und Galle !"

Es herrschte eine peinliche Stille. Die Männer sahen einander und das Feuer an. Obwohl das appetitliche Bankett vor ihnen lag, schien es, als würden sie erneut in die Verzweiflung von Thompsons Lebensmittelgeschäft verfallen, als die Stimme des alten Mannes, unvorsichtig erhoben, abfällig aus der Küche ertönte.

"Sicherlich! Das ist so. Natürlich sind sie das . Eine Bande fauler, betrunkener Faulenzer , und das ist Dick Bullens wildester von allen. Es war ihm nichts Schlimmeres , als mit einer Krankheit im Haus und ohne Versorgung zu dir zu kommen. Das ist es, was ich gesagt habe: „Bullen", sagte ich, „es ist wahnsinnig betrunken, dass du bist, oder ein Narr", sagte ich, „an so etwas zu denken." „Staples", sage ich, „bist du ein Mann, Staples, und willst du die Hölle unter meinem Dach errichten und die Invaliden herumliegen lassen?" Aber sie würden kommen – sie würden kommen. Das ist es, worauf Sie bei dem Müll achten müssen , der um die Bar herumliegt."

Auf diese unglückliche Enthüllung folgte ein schallendes Gelächter der Männer. Ob es in der Küche belauscht wurde oder ob die wütende Begleiterin des alten Mannes gerade alle anderen Möglichkeiten ausgeschöpft hatte, ihre verächtliche Empörung auszudrücken, kann ich nicht sagen, aber plötzlich wurde eine Hintertür mit großer Gewalt zugeschlagen. Einen Moment später tauchte der alte Mann wieder auf, glücklicherweise ohne sich der Ursache für den letzten urkomischen Ausbruch bewusst zu sein, und lächelte mild.

„Die alte Frau dachte, sie würde scherzhaft zu Mrs. McFadden laufen, um ein geselliges Gespräch zu führen", erklärte er mit unbeschwerter Gleichgültigkeit, als er an der Tafel Platz nahm.

Seltsamerweise brauchte es diesen unangenehmen Vorfall, um die Verlegenheit zu lindern, die die Gruppe zu spüren begann, und ihre natürliche Kühnheit kehrte mit ihrem Gastgeber zurück. Ich habe nicht vor, die Geselligkeit dieses Abends aufzuzeichnen . Der neugierige Leser wird die Aussage akzeptieren, dass das Gespräch etwas später am Abend von der gleichen intellektuellen Begeisterung, der gleichen vorsichtigen Ehrfurcht, der gleichen anspruchsvollen Feinheit, der gleichen rhetorischen Präzision und dem gleichen logischen und kohärenten Diskurs geprägt war , die ähnliche Zusammenkünfte auszeichnen des männlichen Geschlechts in zivilisierteren Gegenden und unter günstigeren Vorzeichen. Es wurden keine Gläser zerbrochen, da keine vorhanden waren; Aufgrund der Knappheit dieses Artikels wurde kein Alkohol unnötig auf dem Boden oder Tisch verschüttet.

Es war fast Mitternacht, als die Feierlichkeiten unterbrochen wurden. „Still", sagte Dick Bullen und hob die Hand. Es war die mürrische Stimme von Johnny aus seinem angrenzenden Schrank: „O Papa!"

Der alte Mann stand hastig auf und verschwand im Schrank. Kurz darauf tauchte er wieder auf. „Seine Rheumaerkrankung nimmt wieder zu ," erklärte er, „und er möchte sich massieren lassen ." Er nahm die Flasche Whisky vom Tisch und schüttelte sie. Es war leer. Dick Bullen stellte seinen Blechbecher mit einem verlegenen Lachen ab. Das taten die anderen auch. Der alte Mann untersuchte ihren Inhalt und sagte hoffnungsvoll: „Ich denke, das ist genug; er braucht nicht viel. Haltet euch alle eine Weile fest, dann komme ich zurück"; und verschwand mit einem alten Flanellhemd und dem Whiskey im Schrank. Die Tür schloss sich nur unvollständig, und der folgende Dialog war deutlich zu hören:

„Nun, Sonny, was schmerzt sie am schlimmsten?"

„Manchmal über dir und manchmal unter dir ; aber es ist von Jahr zu Jahr am stärksten . Reibe dich , Papa."

Ein Schweigen schien auf ein lebhaftes Reiben hinzudeuten. Dann Johnny:

Hast du eine schöne Auszeit , Papa?"

„Ja, Junge."

„ Morrer's Chrismiss , nicht wahr ?"

„Ja, Sonny. Wie fühlt sie sich jetzt?"

„Besser noch etwas weiter reiben . Wo ist eigentlich Chrismiss ? Worum geht es?

„Oh, es ist ein Tag."

Diese erschöpfende Definition war offenbar zufriedenstellend, denn es gab eine stille Reibepause. Jetzt nochmal Johnny:

„Mar sez, dass überall sonst, außer bei dir, jeder jedem etwas gibt, Chrismiss , und dann watete sie einfach zwischen dir hindurch. Sie sieht aus, dass es ein Mann ist, den sie Sandy Claws nennen, kein weißer Mann, wissen Sie, sondern eine Art Chinemin , der in der Kaminnacht vor Chrismiss herunterkommt und Sachen zum Chillen gibt – Jungs wie mich. Steckt sie in den Hintern ! Das ist es, was sie versucht hat, mir vorzuspielen. Ganz ruhig, Pop, wo willst du hin ? Das ist eine Meile von dem Ort entfernt. Sie scherzt Das hat sie sich doch nur ausgedacht, nicht wahr, nur ein Scherz, um mich und dich zu verärgern ? Reiben Sie nicht daran . . . . Warum, Papa!"

In der großen Stille, die sich über das Haus gelegt zu haben schien, war das Seufzen der nahen Kiefern und das Tropfen der Blätter draußen deutlich zu hören. Auch Johnnys Stimme war leiser, als er fortfuhr: „Machen Sie sich jetzt nichts vor, denn mir geht es schnell wieder gut." Was machen die Jungs da draußen?"

Der alte Mann öffnete die Tür teilweise und spähte hinein. Dort saßen seine Gäste recht gesellig, und auf dem Tisch lagen ein paar Silbermünzen und eine schmale Wildledertasche. „Wetten auf Suthin , irgendein kleines Spiel oder so . " Es geht ihnen gut", antwortete er Johnny und begann erneut mit dem Reiben.

„Ich würde gerne mithelfen und etwas Geld gewinnen", sagte Johnny nach einer Pause nachdenklich.

Tunnel fündig würde, hätte er viel Geld usw. usw.

„Ja", sagte Johnny, „aber das tust du nicht. Und ob du schlägst oder ich gewinne, es ist ungefähr das Gleiche. Es ist alles Glück. Aber Chrismiss ist doch ziemlich neugierig , nicht wahr ? Warum nennen sie es Chrismiss ?"

Vielleicht aus instinktiver Rücksichtnahme auf die Mithörer seiner Gäste oder aus einem vagen Gefühl der Unstimmigkeit war die Antwort des alten Mannes so leise, dass sie außerhalb des Raumes unhörbar war.

„Ja", sagte Johnny mit leicht nachlassendem Interesse, „ich habe schon einmal von IHM gehört . Thar, das reicht, Papa. Ich habe nicht annähernd so starke Schmerzen wie zuvor. Jetzt wickel mich fest in diese Decke . Also. „Jetzt", fügte er mit gedämpftem Flüstern hinzu, „setz dich neben mich, bis ich einschlafe." Um sich seines Gehorsams zu versichern, löste er eine Hand von der Decke, ergriff den Ärmel seines Vaters und richtete sich wieder auf, um sich auszuruhen.

Einige Augenblicke wartete der Alte geduldig. Dann weckte die ungewohnte Stille des Hauses seine Neugier, und ohne sich vom Bett zu erheben, öffnete er vorsichtig mit seiner freien Hand die Tür und blickte in den Hauptraum. Zu seiner großen Überraschung war dieser dunkel und verlassen. Doch selbst dann zerbrach ein glimmender Holzscheit im Kamin, und im auflodernden Feuer sah er die Gestalt von Dick Bullen, der neben der erlöschenden Glut saß.

"Hallo!"

Dick erschrak, stand auf und kam etwas unsicher auf ihn zu.

„ Wo sind die Jungs?", sagte der alte Mann.

Spaziergang die Schlucht hinaufgegangen . Sie kommen in Kürze zu mir zurück . Ich warte auf sie . Was starrst du an, alter Mann?" fügte er mit einem gezwungenen Lachen hinzu; „Glaubst du, ich bin betrunken?"

Man hätte dem alten Mann diese Vermutung verzeihen können, denn Dicks Augen waren feucht und sein Gesicht gerötet. Er blieb herumlungern und lehnte sich zurück zum Schornstein, gähnte, schüttelte sich, knöpfte seinen Mantel zu und lachte. „ Also viel Alkohol gibt es nicht , alter Mann. Jetzt reg dich nicht auf", fuhr er fort, als der alte Mann eine Bewegung machte, um seinen Ärmel aus Johnnys Hand zu lösen. „Kümmern Sie sich nicht um

Manieren? Setz dich und scherze , wie du bist; Ich bin im Handumdrehen fertig . Thar, das sind sie jetzt."

An der Tür klopfte es leise. Dick Bullen öffnete schnell, nickte seinem Gastgeber „Gute Nacht" zu und verschwand. Der alte Mann wäre ihm gefolgt, wenn er nicht die Hand gehabt hätte, die immer noch unbewusst seinen Ärmel umfasste. Er hätte es leicht lösen können: Es war klein, schwach und abgemagert. Aber vielleicht weil es klein, schwach und abgemagert war, überlegte er es sich anders, zog seinen Stuhl näher an das Bett heran und legte seinen Kopf darauf. In dieser wehrlosen Haltung überraschte ihn die Wirksamkeit seiner früheren Tränke. Der Raum flackerte und verblasste vor seinen Augen, erschien wieder, verblasste wieder, ging aus und ließ ihn schlafen – schlafend.

Unterdessen schloss Dick Bullen die Tür und stellte sich seinen Gefährten entgegen. "Sind Sie bereit?" sagte Staples. „Fertig", sagte Dick; "Wie viel Uhr ist es?" „Nach zwölf", war die Antwort; „Schaffst du es? – es sind fast fünfzig Meilen, hin und zurück." „Ich schätze", erwiderte Dick kurz. „ Was ist die Stute?" „Bill und Jack halten sie an der Kreuzung fest ." „Lass sie noch einen Moment durchhalten ", sagte Dick.

Er drehte sich um und betrat leise das Haus. Im Licht der flackernden Kerze und des erlöschenden Feuers sah er, dass die Tür des kleinen Zimmers offen stand. Er ging auf Zehenspitzen darauf zu und schaute hinein. Der alte Mann war in seinem Stuhl zurückgefallen, schnarchend, seine hilflosen Füße in einer Linie mit seinen eingesackten Schultern ausgestreckt und seinen Hut über seine Augen gezogen. Neben ihm, auf einem schmalen Holzbett, lag Johnny, fest eingehüllt in eine Decke, die bis auf einen Streifen Stirn und ein paar schweißfeuchte Locken alles verbarg. Dick Bullen machte einen Schritt nach vorne, zögerte und warf einen Blick über die Schulter in den verlassenen Raum. Alles war ruhig. Mit plötzlicher Entschlossenheit teilte er mit beiden Händen seinen riesigen Schnurrbart und beugte sich über den schlafenden Jungen. Doch gerade während er das tat, raste ein heimtückischer Schwall auf der Lauer durch den Schornstein herab, entfachte den Kamin neu und erhellte den Raum mit einem schamlosen Schein, vor dem Dick in schüchternem Entsetzen floh.

Seine Gefährten warteten bereits am Übergang auf ihn. Zwei von ihnen kämpften in der Dunkelheit mit einem seltsamen, missgestalteten Körper, der, als Dick näher kam, die Gestalt eines großen gelben Pferdes annahm.

Es war die Stute. Sie war kein schönes Bild. Von ihrer römischen Nase bis zu ihren steilen Hüften, von ihrer gewölbten Wirbelsäule, die von den steifen Machillas eines mexikanischen Sattels verdeckt wurde, bis zu ihren dicken, geraden, knochigen Beinen war nicht ein Hauch von Pferde-Anmut zu erkennen. In ihren halbblinden, aber völlig bösartigen weißen Augen, in ihrer hervortretenden Unterlippe, in ihrer monströsen Farbe war nichts als Hässlichkeit und Laster.

„Also gut", sagte Staples, „geht weg von ihren Fersen, Jungs, und auf mit euch. Verpasst nicht, dass ihr das erste Mal ihre Mähne greift, und denkt daran, euren Steigbügel SCHNELL abzunehmen. Fertig!"

Es gab einen Sprung, einen schlurfenden Kampf, einen Satz, einen wilden Rückzug der Menge, einen Kreis fliegender Hufe, zwei federlose Sprünge, die die Erde erschütterten, ein schnelles Spiel und Klirren von Sporen, einen Sturz und dann die Stimme von Dick irgendwo in der Dunkelheit: „Alles klar!"

„Nehmen Sie nicht den unteren Weg zurück, es sei denn, Sie haben viel Zeit! Halten Sie sie nicht bergab fest ! Wir werden um fünf an der Furt sein. G'lang ! Hoppla! Mula! GEHEN!"

Ein Plätschern, ein Funke, der von der Straßenkante zuckte, ein Klappern in dem felsigen Einschnitt dahinter, und Dick war verschwunden.

Singe, o Muse, den Ritt von Richard Bullen! Singe, oh Muse der ritterlichen Männer! die heilige Suche, die tapferen Taten, die Menge gemeiner Geplänkel, die furchteinflößende Fahrt und die wachsenden Gefahren der Flower of Simpson's Bar! Ein Mangel! Sie ist zierlich, diese Muse! Sie will nichts von diesem ruckelnden, brutalen und prahlerischen, zerlumpten Reiter haben, und ich möchte ihm gern in Prosa zu Fuß folgen!

Es war ein Uhr, und doch hatte er gerade erst Rattlesnake Hill erreicht. Denn in dieser Zeit hatte Jovita ihm alle ihre Unvollkommenheiten vorgeführt und alle ihre Laster geübt . Dreimal war sie gestolpert. Zweimal hatte sie ihre römische Nase in einer geraden Linie mit den Zügeln nach oben geworfen und wehrte sich gegen Gebiss und Sporen und marschierte wild durchs Land. Zweimal hatte sie sich aufgebäumt und war dabei nach hinten gefallen; und zweimal hatte der flinke Dick unversehrt seinen Platz wiedererlangt, bevor sie ihre bösartigen Beine wiederfand. Und eine Meile hinter ihnen, am Fuße eines langen Hügels, lag Rattlesnake Creek. Dick wusste, dass dies der entscheidende Test für seine Fähigkeit war, sein Unternehmen auszuführen, er biss grimmig die Zähne zusammen, drückte seine Knie fest in ihre Flanken und änderte seine Verteidigungstaktik in lebhafte Aggression. Genervt und wütend begann Jovita den Abstieg vom Hügel. Hier tat der schlaue Richard so, als würde er sie mit protzigen Beschimpfungen und wohl gespielten Alarmschreien zurückhalten. Es erübrigt sich hinzuzufügen, dass Jovita sofort weggelaufen ist. Auch die beim Abstieg benötigte Zeit brauche ich nicht anzugeben; es steht in den Chroniken von Simpson's Bar geschrieben. Genug, dass sie im nächsten Moment, wie es Dick vorkam, am überfluteten

Ufer des Rattlesnake Creek planschte. Wie Dick erwartet hatte, trieb sie der Schwung, den sie erlangt hatte, bis zum Widerstand, und sie hielten sie für einen mächtigen Sprung gut zusammen und stürmten mitten in die schnell fließende Strömung. Nach ein paar Momenten Trampeln, Waten und Schwimmen holte Dick am gegenüberliegenden Ufer tief Luft.

Die Straße von Rattlesnake Creek nach Red Mountain war einigermaßen eben. Entweder hatte der Sprung in Rattlesnake Creek ihr verheerendes Feuer gedämpft, oder die Kunst, die dazu führte, hatte ihr die überlegene Bosheit ihres Reiters gezeigt, denn Jovita verschwendete ihre überschüssige Energie nicht länger in mutwilligen Einbildungen. Einmal sträubte sie sich, aber es geschah aus Gewohnheit; Einmal scheute sie sich, aber es war von einem neuen, frisch gestrichenen Versammlungshaus an der Kreuzung der Kreisstraße. Mulden, Gräben, kiesige Ablagerungen, frisch sprießende Gräser flogen unter ihren klappernden Hufen hervor. Sie begann unangenehm zu riechen, ein- oder zweimal hustete sie leicht, aber weder ihre Kraft noch ihre Geschwindigkeit ließen nach. Um zwei Uhr hatte er den Roten Berg passiert und begann mit dem Abstieg in die Ebene. Zehn Minuten später wurde der Fahrer des schnellen Pioneer-Busses von einem „Mann auf einem Pinto-Hoss“ überholt und überholt – ein Ereignis, das bemerkenswert genug war, um eine Bemerkung zu machen. Um halb drei erhob sich Dick mit lautem Schrei in seinen Steigbügeln. Sterne glitzerten durch die zerrissenen Wolken, und hinter ihm ragten aus der Ebene zwei Türme, ein Fahnenmast und eine vereinzelte Reihe schwarzer Objekte auf. Dick klimperte mit den Sporen und schwang sein Riata, Jovita sprang vorwärts, und im nächsten Moment sausten sie nach Tuttleville und hielten vor der hölzernen Piazza des „Hotel aller Nationen“.

Was in jener Nacht in Tuttleville geschah , ist nicht unbedingt Teil dieses Berichts. Kurz möchte ich jedoch sagen, dass Dick, nachdem Jovita einem schläfrigen Stallknecht übergeben worden war, den sie sofort ins unangenehme Bewusstsein trat, mit dem Wirt aufbrach, um die schlafende Stadt zu erkunden. Aus einigen Kneipen und Spielhöllen strahlte noch Licht; sie mieden diese jedoch und hielten vor mehreren geschlossenen Läden an, weckten die Besitzer durch beharrliches Klopfen und wohlüberlegtes Geschrei aus ihren Betten und ließen sie die Türen ihrer Zeitschriften öffnen und ihre Waren ausstellen. Manchmal wurden sie mit Flüchen empfangen, aber häufiger mit Interesse und etwas Anteilnahme an ihren Bedürfnissen, und das Gespräch wurde ausnahmslos mit einem Drink beendet. Es war drei Uhr, bevor dieser Scherz vorbei war, und mit einem kleinen wasserdichten Beutel aus Kautschuk auf den Schultern kehrte Dick ins Hotel zurück. Doch hier lauerte ihm Beauty auf – Beauty, reich an Charme, reich an Kleidung, überzeugend in der Rede und spanisch im Akzent! Vergeblich wiederholte sie die Einladung in „Excelsior“, fröhlich verschmäht von allen

Alpenkletterjugendlichen und zurückgewiesen von diesem Kind der Sierras – eine Zurückweisung, die in diesem Moment durch ein Lachen und seine letzte Goldmünze gemildert wurde. Und dann sprang er in den Sattel und raste die einsame Straße hinunter und hinaus in die einsamere Ebene, wo bald die Lichter, die schwarze Häuserreihe, die Kirchtürme und der Fahnenmast hinter ihm wieder in die Erde sanken und sich in der Ferne verloren.

Der Sturm hatte sich gelegt, die Luft war frisch und kalt, die Umrisse benachbarter Wahrzeichen waren deutlich zu erkennen, aber es war halb fünf, als Dick das Versammlungshaus und die Kreuzung der Kreisstraße erreichte. Um dem ansteigenden Gefälle auszuweichen, hatte er einen längeren und umständlicheren Weg genommen, in dessen zähem Schlamm Jovita bei jedem Sprung tief einsank. Es war eine schlechte Vorbereitung für einen stetigen Anstieg von weiteren fünf Meilen; aber Jovita, die ihre Beine unter sich zog, nahm es mit ihrer üblichen blinden, unvernünftigen Wut auf und erreichte eine halbe Stunde später die lange Ebene, die zum Rattlesnake Creek führte. Eine weitere halbe Stunde würde ihn zum Bach bringen. Er warf die Zügel leicht um den Hals der Stute, zwitscherte ihr zu und begann zu singen.

geübten Fahrer vom Platz gestellt hätte . An ihrem Zügel hing eine Gestalt, die vom Ufer gesprungen war, und gleichzeitig tauchten von der Straße vor ihr ein schattenhaftes Pferd und ein Reiter auf. „Erhebt eure Hände“, befahl diese zweite Erscheinung mit einem Eid.

Dick spürte, wie die Stute zitterte, bebte und offenbar unter ihm sank. Er wusste, was es bedeutete und war vorbereitet.

„Geh zur Seite, Jack Simpson, ich kenne dich, du verdammter Dieb. Lass mich passieren oder –“

Er beendete den Satz nicht. Jovita erhob sich mit einem gewaltigen Satz geradewegs in die Luft, warf die Gestalt mit einem einzigen Schütteln ihres bösartigen Kopfes aus ihrem Gebiß und stürmte mit tödlicher Böswilligkeit auf das Hindernis vor ihr herab. Ein Fluch, ein Pistolenschuss, Pferd und Straßenräuber überschlugen sich auf der Straße, und im nächsten Moment war Jovita hundert Meter entfernt. Aber der gesunde rechte Arm ihres Reiters, von einer Kugel zerschmettert, fiel hilflos neben ihn.

Ohne sein Tempo zu verlangsamen , legte er die Zügel auf seine linke Hand. Aber wenige Augenblicke später musste er anhalten und die Sattelgurte festziehen, die beim Angriff verrutscht waren. Dies dauerte in seinem verkrüppelten Zustand einige Zeit. Er hatte keine Angst vor einer Verfolgung, aber als er aufblickte, sah er, dass die östlichen Sterne bereits verblassten und dass die fernen Gipfel ihr gespenstisches Weiß verloren hatten und sich nun schwarz von einem helleren Himmel abhoben. Der Tag stand vor der Tür. Dann war er völlig in einen einzigen Gedanken versunken, vergaß den Schmerz seiner Wunde und rannte wieder aufsteigend weiter in Richtung Rattlesnake Creek. Aber jetzt wurde Jovitas Atem von einem Keuchen unterbrochen, Dick schwankte in seinem Sattel und immer heller wurde der Himmel.

Fahrt, Richard; Lauf, Jovita; verweile, oh Tag !

Die letzten paar Ruten brüllte es in seinen Ohren. War es Erschöpfung durch Blutverlust oder was? Er war benommen und schwindlig, als er den Hügel hinabstieg, und erkannte seine Umgebung nicht wieder. Hatte er den falschen Weg eingeschlagen, oder war dieser Rattlesnake Creek?

Es war. Aber der tosende Bach, den er ein paar Stunden zuvor durchschwommen hatte, war angestiegen, hatte sein Volumen mehr als verdoppelt und rollte nun einen schnellen und widerstandslosen Fluss zwischen ihm und Rattlesnake Hill. Zum ersten Mal in dieser Nacht sank Richards Herz. Der Fluss, der Berg, der immer schneller werdende Osten schwamm vor seinen Augen. Er schloss sie, um seine Selbstbeherrschung wiederzugewinnen. In dieser kurzen Zeitspanne tauchten durch einen fantastischen mentalen Prozess das kleine Zimmer in Simpson's Bar und die Gestalten des schlafenden Vaters und Sohnes vor ihm auf. Er öffnete wild die Augen, legte Mantel, Pistole, Stiefel und Sattel ab, band sich seinen kostbaren Rucksack fest um die Schultern, ergriff mit seinen entblößten Knien die nackten Flanken von Jovita und stürzte mit einem Schrei ins gelbe Wasser. Ein Schrei erhob sich vom gegenüberliegenden Ufer, als der Kopf eines Mannes und eines Pferdes einige Augenblicke lang gegen die kämpfende Strömung kämpfte und dann zwischen entwurzelten Bäumen und wirbelndem Treibholz davongeschwemmt wurde.

Der Alte erschrak und erwachte. Das Feuer im Kamin war erloschen, die Kerze im Vorzimmer flackerte in ihrer Fassung, und jemand klopfte an die Tür. Er öffnete sie, fiel aber mit einem Schrei zurück, als die triefende, halbnackte Gestalt gegen den Türpfosten taumelte.

„Schwanz?"

„Psst! Ist er schon wach?"

„ Nein, – aber, Dick? –"

„Trockne, du alter Narr! Hol mir SCHNELL Whisky!" Der Alte flog los und kam zurück mit – einer leeren Flasche! Dick hätte geschworen, aber seine Kräfte reichten nicht aus. Er taumelte, hielt sich an der Türklinke fest und gab dem Alten ein Zeichen.

„Da ist was in meinem Rucksack für Johnny. Zieh es aus. Ich kann nicht.“

Der alte Mann schnallte den Rucksack los und legte ihn vor den erschöpften Mann.

„Mach es auf, schnell!“

Er tat es mit zitternden Fingern. Es waren nur ein paar armselige Spielsachen darin – billig und barbarisch genug, weiß Gott, aber bunt bemalt und mit Lametta verziert. Eines davon war zerbrochen; ein anderes, fürchte ich, war durch Wasser unwiederbringlich ruiniert; und auf dem dritten – oh je! war ein grausamer Fleck.

„Es sieht nicht nach viel aus, das ist eine Tatsache“, sagte Dick reumütig . . . . „Aber es ist das Beste, was wir tun konnten . . . . Nimm sie , alter Mann, und stecke sie in seinen Strumpf und sag ihm – sag es ihm, weißt du – halte mich fest, alter Mann …“ Der alte Mann starrte auf seine sinkende Gestalt. „Sag ihm“, sagte Dick mit einem schwachen kleinen Lachen, „sag ihm, dass Sandy Claus gekommen ist.“

Und trotzdem kam der Weihnachtsmann, zerzaust, zerlumpt, unrasiert und ungeschoren, mit einem Arm hilflos an seiner Seite herab, zu Simpson's Bar und fiel ohnmächtig auf die erste Schwelle. Langsam kam die Weihnachtsdämmerung und berührte die entfernteren Gipfel mit der rosigen Wärme unbeschreiblicher Liebe. Und auf Simpson's Bar sah es so zärtlich aus, dass der ganze Berg, als wäre er in einer großzügigen Aktion gefangen, bis zum Himmel errötete.

DIE PRINZESSIN BOB UND IHRE FREUNDE.

Sie war eine Klamath-Indianerin. Ihr Titel war, glaube ich, ein Kompromiss zwischen ihrem Anspruch als Tochter eines Häuptlings und der Dankbarkeit gegenüber ihrem ersten weißen Beschützer, dessen Namen sie nach indianischer Art angenommen hatte. „Bob" Walker hatte sie von der Brust ihrer toten Mutter genommen, zu einer Zeit, als die aufrichtigen freiwilligen Soldaten der kalifornischen Grenze von der Überzeugung geprägt waren , dass die Ausrottung das offensichtliche Schicksal der indianischen Rasse sei. Es war ihm schwer, den edlen Eifer seiner Landsleute lange genug zu zügeln, um sie davon zu überzeugen, dass die Befreiung eines indianischen Babys diese Theorie nicht entkräften würde. Und er brachte sie zu sich nach Hause – einer ländlichen Lichtung am Ufer des Salmon River –, wo sie nach Grenzlandart betreut wurde.

Bevor sie neun Jahre alt war, hatte sie die spärliche Freundlichkeit der dünnen, überarbeiteten Mrs. Walker erschöpft. Als Spielkameradin der jungen Walkers war sie unzuverlässig; Als Krankenschwester für das Baby war sie ineffizient. Ersteres verlor sie in den weglosen Tiefen eines Mammutbaumwaldes; Letzteren ließ sie schlicht in einer improvisierten Wiege zurück, die wie eine Puppe an einem praktischen Ast hing. Sie hat gelogen und gestohlen – zwei unverzeihliche Sünden in einer Grenzgemeinde, in der Wahrheit eine Notwendigkeit und Proviant das einzige Eigentum war. Schlimmer noch: In den Randgebieten der Lichtung wimmelte es manchmal von in Decken gekleideten Lumpen, mit denen sie mysteriöse Vertraulichkeiten pflegte. Mr. Walker bedauerte mehr als einmal seine indiskrete Menschlichkeit; aber sie befreite ihn bald von der Verantwortung und möglicherweise von der Blutschuld , indem sie völlig verschwand.

Als sie wieder auftauchte, war sie im benachbarten Dorf Logport als Hausmädchen bei der Frau eines Händlers tätig, die ein wenig Bildung mit beträchtlicher Gewissenhaftigkeit verband und versuchte, ihren Schützling zu unterrichten. Aber die Prinzessin erwies sich selbst für einen so liberalen Lehrer als unbefriedigende Schülerin. Sie nahm das Alphabet mit großer Freude an, aber immer als eine erfreuliche und immer wiederkehrende Neuheit, an der nach Abschluss jeder Lektion jedes Interesse erlosch. Sie fand tausend Verwendungsmöglichkeiten für ihre Bücher und Schreibmaterialien, die über die hinausgingen, die zivilisierte Kinder kennen. Sie fertigte eine seltsame Halskette aus Schieferbleistiftstücken an, sie baute ein Miniaturkanu aus den Papphüllen ihrer Fibel, sie bog ihre Stifte zu Angelhaken zusammen und tätowierte die Gesichter ihrer jüngeren Begleiter mit blauer Tinte. Sie nahm den Religionsunterricht ebenso gutgelaunt entgegen und lernte, den Namen der Gottheit mit einer fröhlichen

Vertrautheit auszusprechen, die ihre Lehrerin schockierte. Ihre Ehrfurcht konnte auch nicht durch Analogien erreicht werden; Sie wusste nichts vom Großen Geist und gab an, dass sie die glücklichen Jagdgründe überhaupt nicht kannte. Dennoch besuchte sie regelmäßig den Gottesdienst und bat ebenso regelmäßig um ein Gesangbuch; und erst durch die Entdeckung, dass sie fünfundzwanzig dieser Bände gesammelt und hinter dem Holzstapel versteckt hatte, endete ihre Verbindung mit der First Baptist Church of Logport . Gelegentlich gab sie diese zivilisierten und christlichen Privilegien auf und verschwand aus ihrem Zuhause. Nach mehreren Tagen der Abwesenheit kehrte sie mit einem Geruch nach Rinde und Fisch und einem Friedensangebot an ihre Herrin in Form von Wildbret oder Wild zurück.

Was ihre Probleme noch verschlimmerte, war, dass sie mittlerweile vierzehn und nach den Gesetzen ihrer Rasse eine Frau war. Ich glaube nicht, dass selbst der romantischste Mensch sie hübsch genannt hätte. Ihr Teint widersetzte sich den meisten dieser zweideutigen Gleichnisse, mit denen sich Dichter unbewusst für jede Abweichung vom kaukasischen Standard entschuldigen. Es war weder weinfarben noch bernsteinfarben; wenn überhaupt, war es rauchig. Ihr Gesicht war mit roten und weißen Linien auf einer Wange tätowiert, als wäre ein Kamm mit zwei Zinken vom Wangenknochen bis zum Kiefer gezogen worden, und – ohne die gute Laune, die aus ihren kleinen, beerenähnlichen Augen strahlte und hineinstrahlte Ihre weißen Zähne wären abstoßend gewesen. Sie war klein und kräftig. In ihrer spärlichen Drapierung und ihrer uneingeschränkten Freiheit wirkte sie kaum wie eine Statue, und ihre eher ungeübten Haltungen wurden durch die affenhafte Angewohnheit getrübt, in Momenten der Kontemplation sanft ihren linken Knöchel mit den Zehen ihres rechten Fußes zu kratzen.

Ich glaube, ich habe bereits genug gezeigt, um die Diskrepanz zwischen ihrer Existenz und sogar dem niedrigen Zivilisationsstandard zu verdeutlichen, der im Jahr 1860 in Logport herrschte . Es bedurfte nur einer weiteren Tatsache, um den weitsichtigen poetischen Scharfsinn und die prophetische Ethik dieser Aufrichtigen zu beweisen Befürworter der Vernichtung, deren Tugenden ich am Anfang dieses Artikels nur unzureichend gerecht geworden bin. Diese Tatsache wurde sogleich von der Prinzessin mitgeteilt. Nach einem ihrer regelmäßigen Verschwinden – dieses Mal ungewöhnlich langwierig – überraschte sie Logport, indem sie mit einem eine Woche alten Mischlingsbaby im Arm zurückkehrte. An diesem Abend fand bei Mrs. Brown ein Treffen der strengen, ernsthaften Matronen von Logport statt. Es wurde die sofortige Verbannung der Prinzessin gefordert. Die sanftmütige Mrs. Brown bemühte sich vergeblich um eine Milderung oder Aussetzung der Strafe. Aber wie schon bei einer früheren Gelegenheit nahm die Prinzessin die Sache selbst in die Hand. Einige Morgen später wurde eine

Korbwiege mit einem Indianerbaby gefunden, die an der Türklinke der First Baptist Church hing. Es war der parthische Pfeil der fliegenden Prinzessin. Von diesem Tag an kannte Logport sie nicht mehr.

Es war ein strahlend klarer Tag im Hochland gewesen, so klar, dass die Stadtmauern von Fort Jackson und der Fahnenmast zwölf Meilen von der langen, geschwungenen Halbinsel entfernt deutlich zu sehen waren, die einen entblößten weißen Arm um die friedlichen Gewässer der Logport Bay streckte. Es war ein klarer Tag am Meeresufer gewesen, obwohl die Luft erfüllt war vom fliegenden Schaum und dem treibenden Sand eines weitläufigen Strandes, dessen niedrige Dünen von den langen Wellen des Pazifiks heruntergespült und vom turbulenten Handel wieder aufgewirbelt wurden. Winde. Aber die Sonne war in einer Schicht flauschigen Nebels untergegangen, der langsam über den Strand rollte. Allmählich verschwanden die Landzunge an der Hafeneinfahrt und der Leuchtturm , dann verschwanden die Weidenstreifen, die die Linie des Salmon River markierten, und das Meer war verschwunden. Ein paar Segel glänzten noch auf dem Wasser der Bucht; Doch der vorrückende Nebel löschte sie einen nach dem anderen aus, kroch über die stahlblaue Weite, verschluckte die weißen Mühlen und die einzelne Turmspitze von Logport und bewegte sich, vereint mit Verstärkungen aus den Sümpfen, feierlich über die Hügel. Noch zehn Minuten, und die Landschaft war völlig ausgelöscht; Gleichzeitig ließ der Wind nach, und eine totenähnliche Stille breitete sich über Meer und Ufer aus. Das leise Klirren des unsichtbaren Brent hoch über ihnen, der nähere Ruf des unsichtbaren Regenpfeifers, das Plätschern und Rauschen ununterscheidbarer Wassermassen und das monotone Rauschen des verschwundenen Ozeans waren die einzigen Geräusche. Als die Nacht tiefer wurde, bewegte das ferne Dröhnen der Nebelglocke auf der Landzunge von Zeit zu Zeit die dicke Luft.

Hart am Ufer der Bucht und halb verdeckt von einem treibenden Sandhügel stand ein niedriges, unscheinbares Bauwerk, zu dessen Komposition Meer und Küste gleichermaßen beigetragen hatten. Es wurde teils aus Baumstämmen, teils aus Treibholz und geteerter Leinwand gebaut. An einem Ende des Hauptgebäudes – der gewöhnlichen Blockhütte der Siedler – befand sich das halbrunde Steuerhaus eines havarierten Dampfers, während der andere Giebel in der Hälfte eines kaputten Walfischboots endete. An das Boot waren getrocknete Häute wilder Tiere genagelt, und verstreut lagen Treibgut und Strandgut, das viele Jahre lang gesammelt worden war: Bambuskisten, Fässer, Luken, Blöcke, Ruder, Kästen, Teile der Wirbel eines Wals und die Klingen von Walen Schwertfisch. Am Strand einer kleinen Bucht vor dem Haus lag ein Kanu. Als die Nacht immer dichter wurde und der Nebel immer dichter wurde , waren diese Details nicht mehr wahrnehmbar, und nur die Fenster des Steuerhauses, die von einem lodernden Feuer in der Hütte erleuchtet wurden, schimmerten rot durch den Nebel.

An diesem Feuer saßen unter einer vom Dach herabhängenden Schiffslampe zwei Gestalten, ein Mann und eine Frau. Der breitschultrige und bärtige Mann streckte seine lustlose, kraftvolle Länge über einen zerbrochenen Bambusstuhl hinaus, den Blick auf das Feuer gerichtet. Die Frau kauerte mit gekreuzten Beinen auf dem breiten irdenen Kamin und blickte blinzelnd auf ihre Begleiterin. Es waren kleine, schwarze, runde, beerenartige Augen, und als der Feuerschein auf ihr rauchiges Gesicht mit der einen gestreiften Wange von wunderschönem Glanz schien, war es eindeutig die Prinzessin Bob und keine andere.

Es wurde kein Wort gesprochen. Sie saßen schon seit über einer Stunde so da, und ihre Haltung ließ vermuten, dass Schweigen ihre Gewohnheit war. Ein- oder zweimal stand der Mann auf und ging in dem engen Raum auf und ab oder blickte geistesabwesend aus den Fenstern des Ruderhauses, aber nie verriet er durch Blick oder Zeichen die geringste Wahrnehmung seines Begleiters. In solchen Momenten folgte ihm die Prinzessin aus ihrem Nest am Feuer mit hündischen Augen voller Erwartung und Wehmut. Aber ebenso unvermeidlich kehrte er zu seiner Betrachtung des Feuers zurück und die Prinzessin zu ihrer blinzelnden Beobachtetheit seines Gesichts.

Sie hatten dort viele Abende bei schönem und schlechtem Wetter still und ungestört gesessen. Sie hatten viele Tage in Sonnenschein und Sturm verbracht und die nicht beanspruchte Beute auf See und an der Küste eingesammelt. Sie hatten diese stummen Beziehungen, die nur durch die Ereignisse der Jagd oder dürftiger Haushaltspflichten unterbrochen wurden, drei Jahre lang aufrechterhalten, seit der Mann, der trübselig über den einsamen Sand wanderte, auf die halb verhungerte Frau gefallen war, die in der kleinen Mulde lag, wo sie war gekrochen, um zu sterben. Bis jetzt schien es, als würden sie nie gestört, als die Prinzessin aufsprang und mit dem Instinkt ihrer Rasse ihr Ohr auf den Boden senkte.

Der Wind war stärker geworden und ließ die geteerte Leinwand rasseln. Doch im nächsten Moment ertönten deutlich Stimmen von außerhalb der Hütte. Dann folgte ein Klopfen an der Tür; dann noch ein Rap; Und dann, bevor sie aufstehen konnten, wurde die Tür schnell aufgerissen.

„Ich bitte um Verzeihung", sagte eine angenehme, aber etwas bestimmte Altstimme, „aber ich glaube nicht, dass Sie mein Klopfen gehört haben. Ah, ich sehe, das hast du nicht getan. Darf ich rein kommen?"

Da war keine Antwort. Wäre die ramponierte Galionsfigur der Göttin der Freiheit, die tief im Sand am Strand eingebettet lag, plötzlich an der Tür aufgetaucht und Einlass verlangt, hätten die Bewohner der Hütte nicht sprachloser und hoffnungsloser verwundert sein können als über die Gestalt, die hereinstand die offene Tür.

Es war das einer schlanken, wohlgeformten, elegant gekleideten jungen Frau. Eine scharlachrot gefütterte Seidenkapuze war halb zurückgeworfen aus der glänzenden Masse der schwarzen Haare, die ihren kleinen Kopf bedeckten; Von ihren hübschen Schultern fiel ein Pelzumhang, der nur von einer Kordel und einer Quaste in ihrer kleinen behandschuhten Hand gehalten wurde. Um ihren vollen Hals hing eine doppelte Halskette aus großen weißen Perlen, die durch einen raffinierten weiblichen Trick mit ihrer infantilen Andeutung die starke Entschlossenheit ihres unteren Gesichts betonte.

„Hast du ja gesagt? Ah, Danke. Wir können reinkommen, Barker." (Hier folgte ihr ein Schatten in einem blauen Armeemantel in die Kabine, berührte respektvoll die Mütze und stand dann schweigend und aufrecht an der Wand.) „Stören Sie sich nicht im Geringsten, ich bitte Sie. Was für eine erschreckend unangenehme Nacht! Ist das Ihr übliches Klima?"

Halb gnädig, halb gedankenverloren übersah sie das immer noch verlegene Schweigen der Gruppe und fuhr fort: „Wir sind vor über drei Stunden von der Festung aus gestartet – vor drei Stunden, nicht wahr, Barker?" (der aufrechte Barker berührte seine Mütze) – „ um zu Kapitän Emmons' Quartier auf Indian Island zu gehen – ich glaube, Sie nennen es Indian Island, nicht wahr?" (sie appellierte an die ehrfürchtige Prinzessin) –" und wir gerieten in den Nebel und verirrten uns; Das heißt, Barker hat sich verirrt", (Barker berührte abfällig seine Mütze), „und Gott weiß, wohin wir nicht gewandert sind, bis wir Ihr Licht mit dem Leuchtturm verwechselt haben und hier angehalten haben. Nein, nein, bitte behalten Sie Ihren Platz! Ich muss wirklich darauf bestehen."

Nichts konnte die träge Anmut des letzten Teils dieser Rede übertreffen – nichts außer der leichten Bewusstlosigkeit, mit der sie an dem angeboteten Stuhl ihres stammelnden, verlegenen Gastgebers vorbeiglitt und neben dem offenen Kamin stand.

„Barker wird Ihnen sagen ", fuhr sie fort und wärmte ihre Füße am Feuer, „dass ich Miss Portfire bin , die Tochter von Major Portfire , die den Posten befehligt. Ach, entschuldige bitte, Kind!" (Sie war aus Versehen auf die nackten gelben Zehen der Prinzessin getreten.) „Wirklich, ich wusste nicht, dass du da bist. Ich bin sehr kurzsichtig." (Zur Bestätigung ihrer Aussage setzte sie sich eine zierliche Doppelbrille vor die Augen, die um ihren Hals baumelte.) „Es ist schockierend, kurzsichtig zu sein, nicht wahr?"

Hätte der beschämte, unruhige Mann, an den sich diese Bemerkung richtete, Worte gefunden, um den Gedanken zum Ausdruck zu bringen, der ihm selbst in seiner Verwirrung am meisten im Kopf herumschwirrte, er hätte diese Tatsache mit Blick auf die kühnen, dunklen Augen, die ihn fragten, geleugnet. Aber er stammelte nur: „Ja." Im nächsten Moment hatte Miss Portfire ihn jedoch offenbar vergessen und musterte die Prinzessin durch ihr Glas.

„Und wie heißt du, Kind?"

Die durch Augen und Brille seliggesprochene Prinzessin zeigte alle ihre weißen Zähne auf einmal und kratzte sich sanft am Bein.

"Bob?"

"Bob? Was für ein einzigartiger Name!"

Miss Portfire beeilte sich, den Ursprung des Titels der Prinzessin zu erklären.

„Dann bist DU Bob." (Brille.)

„Nein, mein Name ist Grey, – John Grey." Und tatsächlich gelang ihm eine Verbeugung, bei der die Unbeholfenheit eher den Anschein erweckte, als würde man sich nur unvollständig an eine vergessene Gewohnheit erinnern.

„ Grau? – Ah, mal sehen. Ja sicher. Sie sind Mr. Gray, der Einsiedler, der Einsiedler, der Philosoph und so weiter. Warum, sicherlich; Dr. Jones, unser Chirurg, hat mir alles über Sie erzählt. Meine Güte, was für ein interessantes Rencontre! Ich habe sieben Jahre lang ganz allein hier gelebt – waren es sieben Jahre? – Ja, ich erinnere mich jetzt. Ganz von Natur aus vorhanden, könnte man sagen. Wie seltsam! Nicht, dass ich etwas über so etwas weiß, wissen Sie. Ich habe immer unter Menschen gelebt und bin wirklich ein ziemlicher Fremder, das versichere ich Ihnen. Aber ehrlich gesagt, Herr – ich bitte um Verzeihung – Herr. Grey, wie gefällt es dir?"

Sie hatte sich leise auf seinen Stuhl gesetzt, ihren Umhang und ihre Kapuze über die Lehne geworfen und zog nun nachdenklich ihre Handschuhe aus. Was auch immer die Argumente waren – und sie waren zweifellos zahlreich und tiefgreifend –, was auch immer die Erfahrung war – und sie war zweifellos hart und befriedigend genug –, mit denen dieser unglückliche Mann sein Leben in den letzten sieben Jahren gerechtfertigt hatte, irgendwie wurden sie plötzlich trivial und furchtbar lächerlich vor dieser einfachen, aber praktischen Frage.

„Nun, du sollst mir alles erzählen, nachdem du mir etwas zu essen gegeben hast. Wir werden genug Zeit haben; Barker findet heute Nacht in diesem Nebel nicht den Weg zurück. Machen Sie sich meinetwegen keinen Ärger. Barker wird helfen?"

Barker trat vor. Froh, der prüfenden Aufmerksamkeit seines Gastes zu entgehen, gab der Einsiedler der Prinzessin in ihrer Muttersprache ein paar schnelle Anweisungen und verschwand im Schuppen. Miss Portfire ließ einen Moment allein und machte einen kurzen, halb hörbaren, femininen Blick auf die Kabine. „Bücher, Waffen, Felle, EIN Stuhl, EIN Bett, keine Bilder und kein Spiegel!" Sie nahm ein Buch vom Schaukelregal und setzte sich wieder ans Feuer, während die Prinzessin mit frischem Brennstoff wieder eintrat. Doch während sie am Kamin kniete, blickte die Prinzessin zufällig auf und begegnete Miss Portfires dunklen Augen über den Rand ihres Buches hinweg.

"Bob!"

Die Prinzessin zeigte ihre Zähne.

"Hören. Möchten Sie schöne Kleider, Ringe und Perlen wie diese haben, damit Ihr Haar schön gekämmt und in Form gebracht wird? Würdest du?"

Die Prinzessin nickte heftig.

„Möchtest du mit mir zusammenleben und sie haben? Antworte schnell. Schauen Sie sich nicht nach IHM um. Sprich für dich. Würdest du? Stille; Jetzt ist es egal."

Der Einsiedler trat wieder ein, und die Prinzessin zog sich blinzelnd in den Schatten des Walbootschuppens zurück, aus dem sie nicht herauskam, selbst als das gemütliche Mahl aus kaltem Wildbret, Schiffskeksen und Tee serviert wurde. Miss Portfire bemerkte ihre Abwesenheit: „Sie dürfen wirklich nicht zulassen, dass ich Sie in Ihre übliche einfache Art einmische. Wissen Sie, dass das für mich überaus interessant ist, so pastoral und patriarchalisch und so weiter? Ich muss darauf bestehen, dass die Prinzessin zurückkommt; wirklich, ich muss."

Aber die Prinzessin war nicht im Schuppen zu finden, und Miss Portfire , die im nächsten Moment alles über sie vergessen zu haben schien, nahm ihren Platz auf dem einzigen Stuhl vor einem improvisierten Tisch ein. Barker stand hinter ihr und der Einsiedler lehnte an den Kamin. Miss Portfires Appetit konnte ihren Protesten nicht gerecht werden. Zum ersten Mal seit sieben Jahren kam dem Einsiedler der Gedanke , dass seine gewöhnliche Verpflegung verbessert werden könnte. Er stammelte etwas in dieser Richtung.

„Ich habe besser und schlechter gegessen", sagte Miss Portfire leise.

„Aber ich dachte, du – das heißt, du hast gesagt –"

„Ich habe ein Jahr in den Krankenhäusern verbracht, als Vater am Potomac war", erwiderte Miss Portfire gelassen. Nach einer Pause fuhr sie fort: „Sie erinnern sich an die Zeit nach dem zweiten Bull Run – Aber, meine Güte! Ich bitte um Entschuldigung; Sie wissen natürlich nichts über den Krieg und all diese Dinge und es interessiert Sie auch nicht." (Sie hob ihr Fernglas und musterte ruhig seine breite, muskulöse Gestalt vor dem Kamin.) „Oder vielleicht Ihre Vorurteile – Aber als Einsiedler wissen Sie natürlich, dass Sie keine politischen Ansichten haben. Bitte lassen Sie sich nicht von mir langweilen."

Um konsequent zu sein, hätte der Einsiedler kein Interesse an diesem Thema zeigen dürfen. Vielleicht lag es an einer Qualität des Erzählers, aber er war gezwungen, sie anzuflehen, mit solchen Sätzen fortzufahren, die seine unbekannten Lippen befehlen konnten. So dass Miss Portfire nach und nach den Zwischenfall und die persönliche Beobachtung des damals tobenden Kampfes aufgab; Mit der gleichen halb abwesenden, halb unbekümmerten Miene, die ihr gewohnt zu sein schien, erzählte sie die Geschichten von Entbehrungen, Leiden, Ausdauer und Opfern. Mit derselben schüchternen Unterwürfigkeit, die ihre große Selbstbeherrschung verbarg, sprach sie von Prinzipien und Rechten. Offenbar ohne Enthusiasmus und ohne Anstrengung, worüber seine krankhafte Natur verdächtig gewesen wäre, sang sie die große amerikanische Ilias auf eine Weise, die die Tiefen ihres einsamen Zuhörers bis in ihre gewaltigen Grundfesten erschütterte. Dann blieb sie stehen und fragte leise: „Wo ist Bob?"

Der Einsiedler begann. Er würde nach ihr suchen. Aber Bob war aus irgendeinem Grund nicht entgegenkommend. Die Suche innerhalb und außerhalb der Hütte erfolgte vergeblich. Zum ersten Mal an diesem Abend zeigte Miss Portfire eine gewisse Besorgnis. „Geh", sagte sie zu Barker, „und finde sie. Sie MUSS gefunden werden; Bleib, gib mir deinen Mantel, ich gehe selbst. Sie warf sich den Mantel über die Schultern und trat hinaus in die Nacht. In dem dichten Nebelschleier, der sie plötzlich zu umhüllen schien , stand sie einen Moment lang unentschlossen und ging dann zum Strand, geleitet von der niedrigen Wasserflut im Sand. Sie hatte noch nicht viele Schritte gemacht, als sie über einen dunklen, kauernden Gegenstand stolperte. Sie streckte ihre Hand nach unten und spürte die raue, drahtige Mähne der Prinzessin.

"Bob!"

Da war keine Antwort.

"Bob. Ich habe nach dir gesucht, komm."

„Geh weg."

„Unsinn, Bob. Ich möchte, dass du heute Nacht bei mir bleibst, komm."

„ Injin- Squaw ist nicht gut für die Waugee- Frau. " Geh weg."

„Hör zu, Bob. Du bist die Tochter eines Häuptlings, das bin ich auch. Dein Vater hatte viele Krieger, meiner auch . Es ist gut, dass du bei mir bleibst. Kommen."

Die Prinzessin lachte und ließ sich hochheben. Wenige Augenblicke später betraten sie Hand in Hand die Hütte wieder.

Mit den ersten roten Streifen der Morgendämmerung berührte der aufrechte Barker am nächsten Tag seine Mütze an der Tür der Hütte. Neben ihm stand der Einsiedler, der ebenfalls gerade aus seinem zugedeckten Nest im Sand aufgestanden war. Frisch wie die Morgenluft trat Miss Portfire aus der Hütte und führte die Prinzessin an der Hand. Hand in Hand gingen sie ebenfalls zum Ufer, und als die Prinzessin sicher in die Heckdecke gebracht worden war, drehte sich Miss Portfire um und reichte ihrem verstorbenen Gastgeber ihr eigenes.

„Ich werde mich natürlich bestmöglich um sie kümmern. Du wirst sie oft besuchen kommen. Ich sollte dich bitten, zu mir zu kommen, aber du bist ein Einsiedler, weißt du, und so etwas in der Art. Aber wenn es die richtige Einsiedlersache ist und machbar ist, wird mein Vater sich gerne für die Gastfreundschaft dieser Nacht bei Ihnen bedanken. Aber tun Sie in meinem Namen nichts, was Ihre einfachen Gewohnheiten beeinträchtigt. Auf Wiedersehen . "

Sie reichte ihm eine Karte, die er mechanisch entgegennahm.

"Auf Wiedersehen . "

Das Segel wurde gehisst und das Boot abgestoßen. Als die frische Morgenbrise die weiße Leinwand berührte, schien sie sich zu einem Abschiedsgruß zu verbeugen. Auf dem Wasser blitzte ein rosiges Licht der Verheißung auf, und als das leichte Fahrzeug der aufgehenden Sonne entgegenschoss, schien es für einen Moment in seiner Pracht erhaben zu sein.

Miss Portfire hat ihr Wort gehalten. Wenn rücksichtsvolle Fürsorge und intelligente Freundlichkeit die Prinzessin regenerieren konnten, war ihre Zukunft gesichert. Und es schien wirklich, als wäre sie zum ersten Mal geneigt, die Lehren der Zivilisation zu beherzigen und von ihrem neuen Zustand zu profitieren. Eine erfreuliche Veränderung machte sich zunächst an ihrem Aussehen bemerkbar. Ihr wildes Haar war in einem Netz aufgefangen und fiel nicht mehr über ihre niedrige Stirn. Ihre instabile Brust wurde durch französische Korsetts gestützt; Ihre Plantigrade-Bewegung wurde durch hochhackige Stiefel eingeschränkt. Ihre Kleider waren ordentlich und sauber und sie trug eine doppelte Halskette aus Glasperlen. Mit dieser körperlichen Verbesserung schien auch ein moralisches Erwachen einherzugehen. Sie hat nicht mehr gestohlen oder gelogen. Mit dem Besitz persönlichen Eigentums ging Respekt vor dem Eigentum anderer einher. Mit der zunehmenden Abhängigkeit von den Worten ihrer Mitmenschen begann sie selbst nachdenkliche Überlegungen anzustellen. Intellektuell war sie immer noch schwach, obwohl sie sich mit den einfachen Lektionen, die Miss Portfire ihr vorlegte, energisch auseinandersetzte. Aber ihr Eifer und ihre schlichte Eitelkeit überstiegen ihre Diskretion, und sie saß oft stundenlang mit einem offenen Buch vor sich, das sie nicht lesen konnte. Sie war bei den Offizieren der Festung beliebt, vom Major, der die Vorurteile seiner Tochter teilte und oft ihrem starken Eigensinn nachgab, bis zu den Subalternen, die sie nicht weniger mochten als ihre natürlichen Feinde, die Grenzfreiwilligen erklärte ihrer hilflosen Schwesternschaft den Krieg. Die einzige Einschränkung, die ihr auferlegt wurde, war die Beschränkung ihrer Freiheit auf die Umzäunung der Festung und die Parade; und nur einmal brach sie diese Bewährungsauflage und wurde von der Wache angehalten, als sie an der Anlegestelle in ein Boot stieg.

Portfires Einladung keinen Gebrauch . Aber nach der Abreise der Prinzessin verbrachte er weniger Zeit in der Hütte und wurde häufiger in den fernen Sümpfen des Eel River und auf den Hochlandhügeln gesehen. Eine fieberhafte Unruhe, die ganz im Gegensatz zu seinem üblichen Schleim stand, führte bei ihm zu seltsamen Anfällen, die seltsamerweise nicht mit seinen gewohnten Gewohnheiten und seinem Ruf vereinbar waren. Der Zahlmeister des gelegentlichen Dampfers, der mit der Post in Logport anlegte, soll direkt in der Bar von einem seltsamen bärtigen Mann bestiegen worden sein, der nach einer Zeitung mit den letzten Kriegstelegrammen fragte. Er riss sein rotes Hemd in schmale Streifen und verbrachte zwei Tage damit, mit der Nadel über die Stücke und den zerfetzten Rest seines einzigen weißen Kleidungsstücks zu stechen; und ein paar Tage später waren die Fischer in der Bucht überrascht, etwas zu sehen, das sich bei näherer Annäherung als grobe Nachahmung der Nationalflagge herausstellte, die an einer Spiere über der Hütte wehte.

Eines Abends, als der Nebel über die Sandhügel zu ziehen begann, saß der Einsiedler allein in seiner Hütte. Das Feuer im Kamin erlosch unbemerkt, denn er saß schon seit langer Zeit dort und war völlig in die verschwommenen Seiten einer alten Zeitung vertieft. Dann erhob er sich, faltete es wieder zusammen – ein Vorgang, der in seinem zerfetzten Zustand mit größter Sorgfalt und Feingefühl verbunden war – und legte es unter die Decke seines Bettes. Er setzte sich wieder ans Feuer, begann aber bald mit den Fingern auf der Armlehne seines Stuhls zu trommeln. Schließlich nahm dies die Zeit und den Akzent von etwas Luft an. Dann begann er leise und zögernd zu pfeifen, als versuche er, sich an eine vergessene Melodie zu erinnern. Schließlich nahm dies eine grobe Ähnlichkeit an, nicht unähnlich der, die seine Flagge als nationale Standarte trug, nämlich an Yankee Doodle. Plötzlich blieb er stehen.

Es gab ein unverkennbares Klopfen an der Tür. Das Blut, das ihm zunächst ins Gesicht geschossen war, verließ es nun und legte sich langsam um sein

Herz. Er versuchte aufzustehen, schaffte es aber nicht. Dann wurde die Tür aufgerissen und eine Gestalt mit einer scharlachroten Kapuze und einem Pelzmantel stand auf der Schwelle. Mit großer Anstrengung machte er einen Schritt zur Tür. Im nächsten Moment sah er den breiten Mund und die weißen Zähne der Prinzessin und wurde von einem Kuss begrüßt, der sich wie eine Taufe anfühlte.

In der plötzlichen Wut, die ihn erfasste, ihr die Kapuze und den Mantel von der Gestalt zu reißen und heftig nach dem Grund dieser Maskerade zu fragen, war seine einzige Erwiderung auf ihre Begrüßung. "Warum bist du hier? Hast du diese Kleidungsstücke gestohlen?" forderte er erneut in ihrer gutturalen Sprache, als er sie grob am Arm schüttelte. Die Prinzessin ließ den Kopf hängen. "Hast du?" schrie er, als er wild nach seinem Gewehr griff.

"Ich tat?"

Sein Griff lockerte sich und er taumelte zurück gegen die Wand. Die Prinzessin begann zu wimmern. Unter Tränen versuchte sie zu erklären, dass der Major und seine Tochter weggehen würden und dass sie sie ins Reservat schicken wollten; aber er unterbrach sie. „Zieh die Dinger aus!" Die Prinzessin gehorchte zitternd. Er rollte sie zusammen, legte sie in das Kanu, das sie gerade verlassen hatte, und sprang dann in das zerbrechliche Fahrzeug. Sie wäre ihr gefolgt, aber mit einem großen Fluch warf er sie von sich, und mit einem Schlag seines Paddels fegte er hinaus in den Nebel und war verschwunden.

„Jessamy", sagte der Major ein paar Tage später, als er mit seiner Tochter beim Abendessen saß, „ich denke, ich kann Ihnen etwas erzählen, das zu dem mysteriösen Verschwinden und der Rückkehr Ihrer Garderobe passt." Dein verrückter Freund, der Einsiedler, hat sich heute Morgen bei der Vierten Artillerie gemeldet. Er ist ein großartig aussehendes Tier, und wenn ich mich nicht irre, hat er das Zeug zum Soldaten. Er meint es auch ernst, denn er meldet sich für das nach Washington zurückbeorderte Regiment. Segne mich, Kind, ein weiterer Kelch ist zerbrochen; Bei diesem Tempo ruinierst du das Glasgeschirr-Chaos!"

„Hast du noch etwas von der Prinzessin gehört, Papa?"

„Nichts, aber vielleicht ist es auch gut, dass sie weg ist. Diese verfluchten Siedler beschweren sich wieder über das, was sie „Indianerraubzüge" nennen, und ich habe gerade den Befehl vom Hauptquartier erhalten, die Siedlung von allen vagabundierenden Ureinwohnern fernzuhalten. Ich fürchte, mein Lieber, dass eine strenge Auslegung des Begriffs Ihren Schützling einschließen würde."

Die Zeit für den Abzug der Vierten Artillerie war gekommen. Die Nacht zuvor war dicht und neblig. Um ein Uhr rief ein Schuss auf die Stadtmauer die Wache hervor und weckte die schlafende Garnison. Der neue Wachposten, Private Grey, hatte eine düstere Gestalt herausgefordert, die auf dem Glacis herumschlich, und als er keine Antwort erhielt, hatte er geschossen. Die ausgesandte Wache kehrte bald zurück und trug eine leblose Gestalt in ihren Armen. Der Eifer des neuen Postens, gepaart mit der Zielstrebigkeit eines ehemaligen Grenzgängers, war fatal.

Sie legten die hilflose, zerlumpte Gestalt vor die Tür des Wachhauses und sahen dann zum ersten Mal, dass es die Prinzessin war. Bald darauf öffnete sie die Augen. Ihr Blick fiel auf das gequälte Gesicht ihres unschuldigen Mörders, aber glücklicherweise ohne Verstand oder Vorwurf.

„Georgy!", flüsterte sie.

"Bob!"

„Jetzt ist alles beim Alten. Ich werde bald wieder ganz gesund. Ich mache keinen Aufstand mehr. Ich gehe ins Reservat."

Dann hielt sie inne, ein Zittern lief durch ihre Glieder und sie lag still. Sie war in das Reservat gegangen. Nicht in jenes, das von der Weisheit des Menschen erdacht worden war, sondern in jenes, das seit der Erschaffung der Welt für die weisesten und zugleich die gemeinsten seiner Geschöpfe bestimmt war.

DIE ILIADE VON SANDY BAR.

Vor neun Uhr war es am ganzen Fluss ziemlich bekannt, dass die beiden Partner des „Amity Claim" sich bei Tagesanbruch gestritten und getrennt hatten. Zu dieser Zeit war die Aufmerksamkeit ihres nächsten Nachbarn durch die Geräusche von Auseinandersetzungen und zwei aufeinanderfolgende Pistolenschüsse erregt worden. Als er hinauslief, hatte er im grauen Nebel, der vom Fluss aufstieg, undeutlich die große Gestalt von Scott, einem der Partner, gesehen, der den Hügel in Richtung Canyon hinabstieg; einen Moment später war York, der andere Partner, aus der Hütte gekommen und in die entgegengesetzte Richtung zum Fluss gegangen, wobei er nur wenige Meter an dem neugierigen Beobachter vorbeigekommen war. Später stellte sich heraus, dass ein ernsthafter Chinese, der vor der Hütte Holz hackte, einen Teil des Streits miterlebt hatte. Aber John war stur, gleichgültig und zurückhaltend. „Ich hacke Holz, ich kämpfe nicht ", war seine gelassene Antwort auf alle besorgten Fragen. „Aber was haben sie GESAGT, John?" John wusste nicht. Colonel Starbottle ging geschickt die verschiedenen populären Beinamen durch, die eine großzügige öffentliche Meinung als vernünftigen Anlass für einen Angriff akzeptieren könnte. Aber John erkannte sie nicht. „Und das ist das Vieh", sagte der Colonel mit einiger Strenge, „von dem einige meinen, es sollte gegen einen Weißen aussagen dürfen ! Du Scheißkerl – du Heide!"

Dennoch blieb der Streit unerklärlich. Dass zwei Männer, deren Liebenswürdigkeit und Ernsthaftigkeit ihnen den Titel „Die Friedensstifter" eingebracht hatten, in einer Gemeinschaft, die den passiven Tugenden nicht besonders zugeneigt war, – dass diese Männer, die einander auf einzigartige Weise ergeben waren, plötzlich und heftig streiten sollten Nun, wecken Sie die Neugier des Lagers. Einige der Neugierigeren besuchten den letzten Schauplatz des Konflikts, der nun von seinen ehemaligen Bewohnern verlassen ist. In der gepflegten Kabine gab es keine Spur von Unordnung oder Verwirrung. Der unhöfliche Tisch war wie zum Frühstück gedeckt; die Pfanne mit dem gelben Keks stand noch immer auf dem Herd, dessen erloschene Glut die bösen Leidenschaften symbolisieren könnte, die noch eine Stunde zuvor dort gewütet hatten. Aber Colonel Starbottles Auge – wenn auch etwas blutunterlaufen und tränend – war mehr auf praktische Details konzentriert. Bei der Untersuchung wurde ein Einschussloch im Türpfosten und ein weiteres, fast gegenüberliegendes, im Fensterrahmen gefunden. Der Colonel machte darauf aufmerksam, dass der eine mit der Bohrung von Scotts Revolver „übereinstimmte", der andere mit der von Yorks Derringer. „Sie müssen um Sie herum gestanden haben ", sagte der Colonel und nahm Stellung; „Nicht mehr als einen Meter voneinander entfernt und – verfehlt!" Der abfallende Tonfall der Stimme des Colonels hatte einen feinen Anflug von Pathos, der nicht ohne Wirkung blieb. Die heikle Wahrnehmung einer verpassten Gelegenheit begeisterte seine Zuhörer.

Aber die Bar sollte eine größere Enttäuschung erleben. Die beiden Antagonisten hatten sich seit dem Streit nicht mehr getroffen, und es gab vage Gerüchte, dass jeder bei einem zweiten Treffen beschlossen hatte, den anderen „auf Anhieb" zu töten. Es herrschte daher eine gewisse Aufregung – und, wie zu befürchten ist , nicht geringe Befriedigung –, als York um zehn Uhr im selben Augenblick wie Scott aus dem Magnolia Saloon die einzige lange, schmale Straße des Lagers betrat verließ die Schmiede an der Weggabelung. Es war auf den ersten Blick klar, dass ein Treffen nur durch den tatsächlichen Rückzug des einen oder anderen vermieden werden konnte.

Im Nu füllten sich die Türen und Fenster der angrenzenden Salons mit Gesichtern. Unerklärlicherweise tauchten Köpfe über den Flussufern und hinter Bowlern auf. Ein leerer Wagen an der Kreuzung war plötzlich voller Menschen, die aus der Erde zu kommen schienen. Am Hang herrschte reges Rennen und Durcheinander. Auf der Bergstraße hatte Mr. Jack Hamlin sein Pferd angeschnallt und stand aufrecht auf dem Sitz seines Buggys. Und die beiden Objekte dieser fesselnden Aufmerksamkeit näherten sich einander.

„York hat die Sonne", „ Scott wird ihn auf den Baum setzen", „Er wartet darauf, sein Feuer zu entfachen", kam es vom Karren; und dann war es still. Aber über dieser menschlichen Atemlosigkeit rauschte und sang der Fluss, und der Wind raschelte in den Baumwipfeln mit einer Gleichgültigkeit, die aufdringlich schien. Colonel Starbottle spürte es, und in einem Moment erhabener Besorgnis schwenkte er, ohne sich umzuschauen, seinen Stock hinter sich, um die ganze Natur zu warnen, und sagte: „Shu!"

Die Männer waren jetzt nur noch wenige Meter voneinander entfernt. Eine Henne rannte vor einem von ihnen über die Straße. Ein gefiedertes Samengefäß, das von einem Baum am Wegesrand wehte, fiel dem anderen zu Füßen. Und ohne auf diese Ironie der Natur zu achten, kamen die beiden Kontrahenten aufrecht und steif näher, blickten einander in die Augen und – gingen vorbei!

Colonel Starbottle musste vom Karren gehoben werden. „ Ihr Lager ist ausverkauft", sagte er düster, als er vorgab, in die Magnolia gebracht zu werden. Mit welchem weiteren Ausdruck er seine Gefühle hätte zum Ausdruck bringen können, war unmöglich zu sagen, denn in diesem Moment schloss sich Scott der Gruppe an. „Hast du mit mir gesprochen?" fragte er den Oberst und ließ seine Hand wie aus zufälliger Vertrautheit auf die Schulter dieses Herrn fallen. Der Oberst, der in der Berührung etwas Geheimnisvolles und im Blick seines Fragestellers etwas Unbekanntes erkannte, begnügte sich damit, würdevoll mit „Nein, Sir" zu antworten. Ein paar Ruten entfernt war Yorks Verhalten ebenso charakteristisch und eigenartig. „Sie hatten eine wirklich gute Chance; Warum hast du ihn nicht dick gemacht?" sagte Jack Hamlin, als York sich dem Buggy näherte. „Weil ich ihn hasse", war die Antwort, die nur Jack hörte. Entgegen der landläufigen Meinung wurde diese Antwort nicht zwischen den Lippen des Sprechers gezischt, sondern in einem gewöhnlichen Tonfall gesagt. Aber Jack Hamlin, der ein Beobachter der Menschheit war, bemerkte, dass die Hände des Sprechers kalt und seine Lippen trocken waren, als er ihm in den Kinderwagen half, und akzeptierte das scheinbare Paradoxon mit einem Lächeln.

Als Sandy Bar davon überzeugt war, dass der Streit zwischen York und Scott nicht mit den üblichen örtlichen Methoden beigelegt werden konnte, gab sie darüber keine weiteren Bedenken. Doch derzeit ging das Gerücht um, dass der „Amity Claim" Gegenstand eines Rechtsstreits sei und dass jeder der Partner seinen Besitz kostspielig bestreiten würde. Da bekannt war, dass der fragliche Anspruch „ausgearbeitet" und wertlos war und die Partner, die er bereits bereichert hatte, erst ein oder zwei Tage vor dem Streit davon gesprochen hatten, ihn aufzugeben, konnte dieses Verfahren nur zur Rechenschaft gezogen werden als unbegründete Bosheit. Später tauchten zwei Anwälte aus San Francisco in diesem arglosen Arcadia auf und wurden schließlich in die Saloons und – was so ziemlich das Gleiche war – in die Vertraulichkeiten der Bewohner gebracht. Das Ergebnis dieser unheiligen Intimität waren zahlreiche Vorladungen; Und als der „Amity Claim" vor Gericht kam, kamen tatsächlich alle aus Sandy Bar, die nicht zur Anwesenheitspflicht in der Kreisstadt gehörten, aus Neugier dorthin. Die Schluchten und Gräben im Umkreis von mehreren Kilometern waren verlassen. Ich habe nicht vor, diesen bereits berühmten Prozess zu beschreiben. Genug, dass es, um es mit den Worten des Anwalts des Klägers zu sagen, „eine Sache von nicht alltäglicher Bedeutung war, die die inhärenten Rechte jener unermüdlichen Industrie betraf, die die paktolischen Ressourcen dieses goldenen Landes erschlossen hatte"; und, um es mit den heimeligeren Worten von Colonel Starbottle zu sagen: „Eine Aufregung, die die Herren in zehn Minuten bei einem geselligen Glas erledigt hätten, wenn sie es ernst meinten; oder in zehn Sekunden mit einem Revolver, falls das Spaß machen sollte." Scott erhielt ein Urteil, gegen das York sofort Berufung einlegte. Es hieß, er habe geschworen, seinen letzten Dollar für den Kampf auszugeben.

Auf diese Weise begann Sandy Bar, die Feindschaft der ehemaligen Partner als eine lebenslange Fehde zu akzeptieren, und die Tatsache, dass sie jemals Freunde gewesen waren, geriet in Vergessenheit. Die wenigen, die von dem Prozess erwartet hatten, den Ursprung des Streits zu erfahren, wurden enttäuscht. Unter den verschiedenen Vermutungen war diejenige, die einen okkulten weiblichen Einfluss als Ursache zuschrieb, natürlich beliebt, in einem Lager, das der zweifelhaften Komplimentierung des Geschlechts zugeneigt war. „Mein Wort dafür, meine Herren", sagte Colonel Starbottle , der in Sacramento als Gentleman der alten Schule bekannt war, „da steckt ein hübsches Geschöpf dahinter." Der tapfere Oberst erläuterte dann seine Theorie durch verschiedene lebhafte Geschichten, wie sie „Herren der alten Schule" zu wiederholen pflegen, die ich aber aus Rücksicht auf die Vorurteile der Herren einer neueren Schule hier nicht wiedergeben möchte . Aber es schien, dass selbst die Theorie des Obersten falsch war. Die einzige Frau, die persönlich irgendeinen Einfluss auf die Partner hätte ausüben können, war die hübsche Tochter des „alten Mannes Folinsbee" aus Poverty Flat, in dessen gastfreundlichem Haus – das einige in dieser rohen Zivilisation seltene Annehmlichkeiten und Vornehmheiten aufwies – sowohl York als auch Scott waren häufige Besucher. Doch eines Abends, einen Monat nach dem Streit, betrat York dieses bezaubernde Refugium, und als er Scott dort sitzen sah, wandte er sich mit der schroffen Frage an die schöne Gastgeberin: „Liebst du diesen Mann?" Die so angesprochene junge Frau antwortete – temperamentvoll und ausweichend zugleich – auf die Antwort, die den meisten meiner schönen Leserinnen in einer solchen Notlage in den Sinn kommen würde. Ohne ein weiteres Wort verließ York das Haus. „Miss Jo" stieß einen leisen Seufzer aus, als sich die Tür hinter Yorks Locken und kantigen Schultern schloss, und wandte sich dann wie ein braves Mädchen an ihren beleidigten Gast. „Aber würden Sie es glauben, Liebes?" Später erzählte sie einer engen Freundin: „Das andere Geschöpf, das mich einen Moment lang finster anstarrte, stellte sich auf die Hinterbeine, nahm seinen Hut und ging ebenfalls; und das ist das Letzte, was ich von beiden gesehen habe."

Die gleiche harte Missachtung aller anderen Interessen oder Gefühle zur Befriedigung ihres blinden Grolls kennzeichnete alle ihre Handlungen. Als York das Land unterhalb von Scotts neuem Claim kaufte und diesen mit großem Aufwand dazu zwang, einen langen Umweg zu machen, um einen „Tail Race" um das Gebiet herumzutragen, revanchierte sich Scott, indem er einen Damm baute, der Yorks Claim am Fluss überschwemmte. Es war Scott, der zusammen mit Colonel Starbottle als Erster den aktiven Widerstand gegen die Chinesen organisierte, der zur Vertreibung der mongolischen Arbeiter Yorks führte; es war York, der die Wagenstraße baute und den Expresszug einrichtete, der Scotts Maultiere und Packzüge überflüssig machte; es war Scott, der das Wachsamkeitskomitee ins Leben rief, das Yorks Freund Jack Hamlin auswanderte; Es war York, der den „Sandy Bar Herald" ins Leben rief, der die Tat als „gesetzloses Verbrechen" bezeichnete, und Scott als „Border Ruffian"; Es war Scott an der Spitze von zwanzig maskierten Männern, der in einer Mondnacht die beleidigenden

„Formen" in den gelben Fluss warf und die Typen auf der staubigen Straße verstreute. Diese Vorgänge wurden in den entfernteren und zivilisierteren Randstädten als vage Anzeichen von Fortschritt und Vitalität aufgenommen. Ich habe ein Exemplar des „Poverty Flat Pioneer" für die Woche bis zum 12. August 1856 vor mir, in dem der Herausgeber unter der Überschrift „County Improvements" sagt: „Die neue Presbyterianische Kirche in der C Street, in Sandy." Bar, ist fertig. Es steht auf dem Grundstück, auf dem früher der Magnolia Saloon stand, der letzten Monat auf mysteriöse Weise niedergebrannt ist. Der Tempel, der sich jetzt wie ein Phönix aus der Asche der Magnolie erhebt, ist praktisch eine kostenlose Schenkung von HJ York, Esq., aus Sandy Bar, der das Grundstück gekauft und das Bauholz gespendet hat. In der Nähe werden weitere Gebäude errichtet, aber das auffälligste ist der „Sunny South Saloon", der von Captain Mat errichtet wurde. Scott, fast gegenüber der Kirche. Kapitän Scott hat bei der Einrichtung dieses Saloons, der einer der angenehmsten Urlaubsorte im alten Tuolumne zu werden verspricht, keine Kosten gescheut. Er hat kürzlich zwei neue, erstklassige Billardtische mit Korkkissen importiert. Unser alter Freund „Mountain Jimmy" wird an der Bar Spirituosen ausschenken. Wir verweisen unsere Leser auf die Anzeige in einer anderen Rubrik. Besucher der Sandy Bar können nichts Besseres tun, als „Jimmy" anzurufen." Unter den örtlichen Gegenständen geschah Folgendes: „HJ York, Esq., aus Sandy Bar, hat eine Belohnung von 100 US-Dollar für die Entdeckung der Parteien ausgesetzt, die während des Gottesdienstes die Stufen der neuen Presbyterianischen Kirche, C Street, Sandy Bar, weggeschleppt haben." Gottesdienst am letzten Sabbatabend. Kapitän Scott fügt weitere hundert hinzu für die Gefangennahme der Schurken, die am folgenden Abend die prächtigen Glasfenster des neuen Saloons einschlugen . Es gibt Gespräche darüber, das alte Wachsamkeitskomitee in Sandy Bar neu zu organisieren."

Als die harte, unerschütterliche Sonne von Sandy Bar über viele Monate wolkenlosen Wetters regelmäßig unter dem ungestillten Zorn dieser Männer untergegangen war, war von einer Vermittlung die Rede. Insbesondere der Pfarrer der Kirche, auf die ich gerade Bezug genommen habe – ein aufrichtiger, furchtloser, aber vielleicht nicht ganz aufgeklärter Mann – nutzte Yorks Großzügigkeit gern zum Anlass, um zu versuchen, die ehemaligen Partner wieder zu vereinen. Er hielt eine ernsthafte Predigt über die abstrakte Sündhaftigkeit von Zwietracht und Groll. Aber die hervorragenden Predigten von Rev. Mr. Daws richteten sich an eine ideale Gemeinde, die es in Sandy Bar nicht gab – eine Gemeinde von Wesen mit unvermischten Lastern und Tugenden, mit einzelnen Impulsen und vollkommen logischen Motiven, von übernatürlicher Einfachheit kindlicher Glaube und erwachsene Verantwortung. Da die Menschen, die tatsächlich die Kirche von Herrn Daws besuchten, leider hauptsächlich sehr menschlich, etwas schlau, eher selbstentschuldigend als selbstanklagend, eher gutmütig und entschieden schwach waren, ließen sie stillschweigend den Teil der Predigt weg, auf den sie sich bezogen sich selbst, und da sie York und Scott – die beide trotzig anwesend waren – als seltsame Beispiele der oben erwähnten idealen Wesen akzeptierten, verspürten sie eine gewisse Befriedigung – die, fürchte ich, nicht ganz christlich war – in ihrer „Herabwürdigung". ." Wenn Mr. Daws erwartete, dass York und Scott sich nach der Predigt die Hand schüttelten, wurde er enttäuscht. Aber er ließ seinen Vorsatz nicht locker. Mit jener stillen Furchtlosigkeit und Entschlossenheit, die ihm den Respekt von Männern eingebracht hatte, die zu geneigt waren, Frömmigkeit als Synonym für Weiblichkeit zu betrachten, griff er Scott in seinem eigenen Haus an. Was er sagte, ist nicht überliefert, es steht jedoch zu befürchten, dass es Teil seiner Predigt war. Als er fertig war, blickte Scott ihn nicht unfreundlich über die Gläser seiner Bar hinweg an und sagte, weniger respektlos, als die Worte vermuten ließen: „Junger Mann, mir gefällt Ihr Stil eher; aber wenn du York und mich so gut kennst wie Gott, der Allmächtige, wird es Zeit zum Reden."

Und so ging die Fehde weiter; und so führte, wie in illustreren Beispielen, die private und persönliche Feindschaft zweier repräsentativer Männer nach und nach zur Entwicklung eines groben, halb zum Ausdruck gebrachten Prinzips oder Glaubens. Es dauerte nicht lange, bis klar wurde, dass diese Überzeugungen mit bestimmten allgemeinen Grundsätzen übereinstimmten, die von den Gründern der amerikanischen Verfassung festgelegt und vom staatsmännischen A dargelegt wurden; Oder wurden die verhängnisvollen Treibsande , auf denen das Staatsschiff Schiffbruch erleiden könnte, von dem beredten B warnend aufgezeigt? Das praktische Ergebnis all dessen war die Ernennung von York und Scott, die gegensätzlichen Fraktionen von Sandy Bar in den gesetzgebenden Räten zu vertreten.

Seit einigen Wochen wurden die Wähler von Sandy Bar und den angrenzenden Lagern in großer Schrift zum „KOMMEN!" aufgerufen. Vergebens stöhnten und protestierten die großen Kiefern an den Straßenkreuzungen – deren Stämme gezwungen waren, diese und andere Legenden zu tragen – von ihren windigen Wachtürmen aus. Doch eines Tages zog eine Prozession mit Pfeifen und Trommeln und flammender Transparenz in den dreieckigen Hain am Ende der Schlucht ein. Das Treffen wurde von Colonel Starbottle einberufen , der, da er einst gesetzgebende Funktionen innehatte und vage als „Schlachtross" bekannt war, als wertvoller Parteigänger Yorks galt. Er beendete einen Appell an seinen Freund mit einer Darlegung von Grundsätzen, unterbrochen von ein oder zwei Anekdoten, die so unnötig derb waren, dass die Kiefern, als er dort stand, bewegt worden wären, ihn mit ihren abgeworfenen Zapfen zu bewerfen. Aber er sorgte für einen Lacher, der seinem Kandidaten große

Aufmerksamkeit verschaffte; und als York sich erhob, um zu sprechen, wurde er mit Jubel begrüßt. Doch zum allgemeinen Erstaunen begann der neue Redner sofort mit einer erbitterten Kritik an seinem Rivalen. Er ging nicht nur auf Scotts Taten und sein Beispiel ein, die Sandy Bar bekannt waren, sondern sprach auch über Fakten im Zusammenhang mit seiner früheren Karriere, die seinen Prüfern bisher unbekannt waren. Zu der großen Präzision des Epithetons und der Direktheit der Aussage fügte der Redner die Faszination der Offenbarung und Enthüllung hinzu. Die Menge jubelte, schrie und war entzückt, aber als dieser erstaunliche Philippic zu Ende war, gab es einstimmig den Ruf nach „Scott!" Colonel Starbottle hätte dieser offensichtlichen Unangemessenheit widerstanden, aber vergebens. Teils aus einem groben Sinn für Gerechtigkeit, teils aus einem gemeineren Verlangen nach Aufregung war die Versammlung unnachgiebig; und Scott wurde auf die Plattform gezogen, geschoben und gezogen.

Als sein runzliger Kopf und sein ungepflegter Bart über dem Geländer auftauchten, war klar, dass er betrunken war. Doch bevor er den Mund öffnete, war es auch klar, dass der Redner von Sandy Bar – der einzige Mann, der ihre Vagabunden-Sympathien wecken konnte (vielleicht weil er sich nicht scheute, an sie zu appellieren) – vor ihnen stand. Das Bewusstsein dieser Macht verlieh seiner Figur eine gewisse Würde, und ich bin mir nicht sicher, ob seine körperliche Verfassung sie nicht als eine Art königlicher Unbeugsamkeit und großer Herablassung beeindruckte. Doch als dieser unerwartete Hektor aus dem Graben auftauchte, erbebten Yorks Myrmidonen.

„Es gibt nichts, meine Herren", sagte Scott und beugte sich über das Geländer vor, „es gibt nichts, was dieser Mann gesagt hat, was nicht wahr ist." Ich wurde außerhalb von Kairo vertrieben; Ich gehörte zu den Regulatoren; Ich bin aus der Armee desertiert; Ich habe eine Frau in Kansas hinterlassen. Aber das ist eine Sache, die er mir nicht vorgeworfen hat, und vielleicht hat er es vergessen. Drei Jahre lang, meine Herren, war ich der Partner dieses Mannes ! – " Ob er noch mehr sagen wollte, kann ich nicht sagen; Ein Applausstoß rundete und verstärkte den Höhepunkt kunstvoll und wählte quasi den Redner. In diesem Herbst ging er nach Sacramento, York ging ins Ausland; und zum ersten Mal seit vielen Jahren isolierten Distanz und eine neue Atmosphäre die alten Antagonisten.

Drei Jahre vergingen in Sandy Bar, ohne dass sich der grüne Wald, die grauen Felsen und der gelbe Fluss veränderten, aber die menschlichen Orientierungspunkte sich stark veränderten und in den Behausungen neue Gesichter auftraten. Die beiden Männer, die einst so sehr mit seinem Charakter identifiziert worden waren, schienen völlig vergessen worden zu sein. „Sie werden nie wieder nach Sandy Bar zurückkehren", sagte Miss Folinsbee, die „Lily of Poverty Flat", als sie York in Paris traf, „denn Sandy

Bar gibt es nicht mehr." Sie nennen es jetzt Riverside; und die neue Stadt wird weiter oben am Flussufer gebaut. Nebenbei sagt „Jo", dass Scott seine Klage wegen des „Amity Claims" gewonnen hat und dass er in der alten Hütte lebt und die Hälfte seiner Zeit betrunken ist. „Oh, ich bitte um Verzeihung", fügte die lebhafte Dame hinzu, als eine Röte über Yorks blasse Wange lief; „Aber Gott sei Dank, ich dachte wirklich, dieser alte Groll sei erfunden. Ich bin mir sicher, dass es so sein sollte."

Drei Monate nach diesem Gespräch und an einem angenehmen Sommerabend hielt die Poverty Flat-Kutsche vor der Veranda des Union Hotels in Sandy Bar. Unter den Passagieren befand sich ein offenbar Fremder, der sich durch gut sitzende Kleidung und glattrasiertes Gesicht auszeichnete, ein Privatzimmer verlangte und sich früh zur Ruhe begab. Doch noch vor Sonnenaufgang am nächsten Morgen stand er auf, zog ein paar Kleidungsstücke aus seiner Reisetasche und zog sich eine weiße Segeltuchhose, ein weißes Segeltuchhemd und einen Strohhut an. Als er fertig war, band er ein rotes Kopftuch zu einer Schlaufe und warf es sich locker über die Schultern. Die Verwandlung war abgeschlossen. Als er leise die Treppe hinunterschlich und auf die Straße trat, hätte niemand in ihm den eleganten Fremden der vergangenen Nacht erkannt, und nur wenige erkannten das Gesicht und die Gestalt von Henry York aus Sandy Bar.

Im unsicheren Licht dieser frühen Stunde und angesichts der Veränderungen, die in der Siedlung stattgefunden hatten, musste er einen Moment innehalten, um sich daran zu erinnern, wo er stand. Die Sandy Bar, an die er sich erinnerte, lag unter ihm, näher am Fluss; Die Gebäude um ihn herum waren später und neueren Stils. Als er zum Fluss schritt, bemerkte er hier ein Schulhaus und dort eine Kirche. Etwas weiter kam „The Sunny South" in Sicht, verwandelt in ein Restaurant, dessen Vergoldung verblasst und dessen Farbe abgeblättert war. Er wusste jetzt, wo er war; und rannte zügig einen Abhang hinunter, überquerte einen Graben und stand an der unteren Grenze des Amity Claims.

Der graue Nebel stieg langsam vom Fluss auf, blieb an den Baumwipfeln hängen und trieb den Berghang hinauf, bis er sich zwischen diesen felsigen Altären verfing und der aufgehenden Sonne ein Opfer darbrachte. Zu seinen Füßen hatte die Erde, die von seinen vergessenen Motoren grausam zerrissen und vernarbt war, seit jeher hier und da ein grünes Schauspiel gezeigt und lächelte nun verzeihend zu ihm auf, als ob die Dinge gar nicht so schlimm wären. Ein paar Vögel badeten im Graben mit der angenehmen Andeutung, dass es sich dabei um eine neue und besondere Einrichtung der Natur handele, und ein Hase rannte in eine umgedrehte Schleusenbox, als er sich näherte, als ob sie zu diesem Zweck dorthin gestellt worden wäre.

Er hatte es noch nicht gewagt, in eine bestimmte Richtung zu blicken. Aber die Sonne stand jetzt hoch genug, um die kleine Anhöhe zu malen, auf der die Hütte stand. Trotz seiner Selbstbeherrschung schlug sein Herz schneller, als er den Blick darauf richtete. Fenster und Tür waren geschlossen, aus dem Lehmschornstein kam kein Rauch, ansonsten war es unverändert. Als er nur noch wenige Meter davon entfernt war, hob er eine zerbrochene Schaufel auf, schulterte sie lächelnd, ging zur Tür und klopfte. Von innen war kein Laut zu hören. Das Lächeln erstarb auf seinen Lippen, als er nervös die Tür aufstieß.

Eine Gestalt fuhr wütend auf und kam auf ihn zu – eine Gestalt, deren blutunterlaufene Augen sich plötzlich in einen leeren Blick verwandelten, deren Arme zuerst ausgestreckt und dann warnend gestikulierend nach oben geworfen wurden – eine Gestalt, die plötzlich nach Luft schnappte, würgte und dann nach vorne fiel im Anfall.

Doch bevor er den Boden berührte, brachte York ihn ins Freie und ins Sonnenlicht. Im Kampf fielen beide und rollten auf dem Boden herum. Doch im nächsten Moment saß York aufrecht, hielt den verkrampften Körper seines ehemaligen Partners auf seinem Knie und wischte sich den Schaum von den unartikulierten Lippen. Allmählich wurde das Zittern weniger häufig und hörte dann auf; und der starke Mann lag bewusstlos in seinen Armen.

York hielt ihn einige Augenblicke ruhig und sah ihm ins Gesicht. In der Ferne durchbrach nur der Hieb einer Holzfälleraxt – ein bloßes Phantomgeräusch – die Stille. Hoch oben am Berg schwebte ein kreisender Falke atemlos über ihnen. Dann erklangen Stimmen, und zwei Männer gesellten sich zu ihnen.

„Eine Schlägerei?" Nein, einen Anfall. Und würden sie ihm helfen, den Kranken ins Hotel zu bringen?

Und dort lag der betroffene Partner eine Woche lang, bewusstlos von nichts anderem als den Visionen, die durch Krankheit und Angst hervorgerufen wurden. Am achten Tag sammelte er sich bei Sonnenaufgang, öffnete die Augen, blickte auf York und drückte ihm die Hand. dann sprach er: –

„Und du bist es. Ich dachte, es wäre nur Whisky."

York antwortete, indem er beide Hände nahm und sie mit einem angenehmen Lächeln jungenhaft vor und zurück bewegte, während sein Ellbogen auf dem Bett ruhte.

„Und du warst im Ausland. Wie hat dir Paris gefallen?"

„So, so. Wie hat DIR Sacramento gefallen?"

"Schikanieren."

Und das war alles, was ihnen einfiel. Bald darauf öffnete Scott seine Augen wieder.

„Ich bin mächtig schwach."

„Dir wird es bald besser gehen."

"Nicht viel."

Es folgte eine lange Stille, in der sie die Geräusche des Holzhackens hörten und dass Sandy Bar bereits auf den kommenden Tag vorbereitet war. Dann wandte Scott langsam und mit Mühe sein Gesicht York zu und sagte:

„Vielleicht hätte ich dich einmal getötet."

„Ich wünschte, du hättest es getan."

Sie drückten einander erneut die Hände, aber Scotts Griff ließ offensichtlich nach. Er schien seine Kräfte für eine besondere Anstrengung aufzubringen.

"Alter Mann!"

"Alter Bursche."

"Näher!"

York neigte seinen Kopf zu dem langsam verblassenden Gesicht.

„Stört es dich an diesem Morgen?"

"Ja."

Ein Schimmer von Spaß glitt in den Winkel von Scotts blauen Augen, als er flüsterte:

„Alter Mann, in diesem Brot war zu viel Salbei."

Es heißt, dies seien seine letzten Worte gewesen. Denn als die Sonne, die so oft über dem nutzlosen Zorn dieser törichten Männer untergegangen war, wieder auf die wiedervereinten Männer blickte, sah sie, wie Scotts Hand kalt und unerwidert aus der sehnsüchtigen Umarmung seines ehemaligen Partners fiel, und sie wusste, dass die Fehde von Sandy Bar zu Ende war.

Mr. Thompsons verlorener Sohn

Wir alle wussten, dass Mr. Thompson nach seinem Sohn suchte, und zwar nach einem ziemlich schlimmen. Dass er nur aus diesem Grund nach Kalifornien kam, war für seine Mitreisenden kein Geheimnis; und die körperlichen Besonderheiten sowie die moralischen Schwächen des vermissten Verschwenders wurden uns durch die offene Redseligkeit der Eltern gleichermaßen deutlich gemacht. „Sie sprachen von einem jungen Mann, der wegen Schleusenraubs in Red Dog gehängt wurde", sagte Mr. Thompson eines Tages zu einem Passagier im Zwischendeck; „Sind Sie sich der Farbe seiner Augen bewusst?" „Schwarz", antwortete der Passagier. „Ah", sagte Mr. Thompson und bezog sich dabei auf einige mentale Memoranden, „Charles ' Augen waren blau." Anschließend ging er weg. Vielleicht lag es an dieser unsympathischen Art der Untersuchung, vielleicht an dieser westlichen Vorliebe, jedes Prinzip oder Gefühl, das ihnen ständig vorgetragen wurde, auf humorvolle Weise zu betrachten, dass Mr. Thompsons Suche unter den Passagieren Gegenstand einiger Satire war. Eine unentgeltliche Anzeige des vermissten Charles, adressiert an „Gefängniswärter und Wächter", zirkulierte privat unter ihnen; Jeder erinnerte sich daran, Charles unter belastenden Umständen kennengelernt zu haben. Dennoch ist es meinen Landsleuten zu verdanken, dass, als bekannt wurde, dass Thompson einiges an Geld in dieses visionäre Projekt investiert hatte, nur wenig von dieser Satire seinen Weg zu seinen Ohren fand und in seinen Ohren nichts geäußert wurde, was ihm wehtun könnte das Herz eines Vaters berühren oder einen möglichen finanziellen Vorteil des Satirikers gefährden. Tatsächlich wurde der scherzhafte Vorschlag von Herrn Bracy Tibbets, eine Aktiengesellschaft zu gründen, um nach dem vermissten Jugendlichen zu „suchen", einst ernsthafte Unterhaltung gefunden.

Für oberflächliche Kritik war Mr. Thompsons Wesen vielleicht weder malerisch noch liebenswert. Seine Geschichte, die er eines Tages beim Abendessen selbst erzählte, war trotz ihrer Einzigartigkeit praktisch. Nach einer harten und eigenwilligen Jugend und Reife, in der er eine gebrochene Frau begraben und seinen Sohn zur See getrieben hatte, erlebte er plötzlich die Religion. „Ich habe es 1959 in New Orleans bekommen", sagte Mr. Thompson mit dem allgemeinen Hinweis, dass es sich um eine Epidemie handelte. „Betritt das schmalere Tor. Analysiere mir die Bohnen." Vielleicht unterstützte ihn diese praktische Eigenschaft bei seiner scheinbar aussichtslosen Suche. Er hatte keine Ahnung , wo sein entlaufener Sohn war; in der Tat kaum ein Beweis seiner gegenwärtigen Existenz. Aufgrund seiner gleichgültigen Erinnerung an den zwölfjährigen Jungen erwartete er nun, den fünfundzwanzigjährigen Mann zu identifizieren.

Es scheint, dass er erfolgreich war. Wie es ihm gelang, war eines der wenigen Dinge, die er nicht erzählte. Ich glaube, es gibt zwei Versionen der Geschichte. Erstens entdeckte Mr. Thompson, als er ein Krankenhaus besuchte, seinen Sohn aufgrund einer seltsamen Hymne, die der Leidende in einem wahnsinnigen Traum seiner Kindheit gesungen hatte. Diese Version erfreute sich großer Beliebtheit, da sie den feineren Gefühlen des Herzens einen weiten Raum bot; und wie Rev. Mr. Gushington bei seiner Rückkehr von seiner Kalifornien-Tournee erzählte, gelang es ihm immer wieder, das Publikum zufrieden zu stellen. Das andere war weniger einfach und verdient, da ich es hier übernehmen werde, mehr Ausführlichkeit.

Es geschah, nachdem Mr. Thompson es aufgegeben hatte, unter den Lebenden nach seinem Sohn zu suchen, und sich der Untersuchung von Friedhöfen und einer sorgfältigen Inspektion der „kalten Hinterlassenschaften der Toten" zugewandt hatte. Zu dieser Zeit war er ein häufiger Besucher von „Lone Mountain" – einem trostlosen Hügelgipfel, trostlos genug in seiner ursprünglichen Isolation und trostloser wegen der weißgesichtigen Murmeln, auf denen San Francisco seine verstorbenen Bürger verankerte und sie unten hielt ein treibender Sand, der sich weigerte, sie zu bedecken, und ein heftiger und anhaltender Wind, der danach strebte, sie völlig wegzublasen. Gegen diesen Wind wehrte sich der alte Mann mit einem ebenso hartnäckigen Willen – einem ergrauten, harten Gesicht und einem hohen, mit Krepp umwickelten Hut, den er fest über die Augen gezogen hatte – und verbrachte so Tage damit, die Leicheninschriften hörbar vor sich hin zu lesen. Die Häufigkeit der Bibelzitate gefiel ihm, und er untermauerte sie gern durch eine Taschenbibel. „Das ist aus Psalmen", sagte er eines Tages zu einem Totengräber in der Nähe. Der Mann gab keine Antwort. Keineswegs zurückgewiesen, ließ sich Mr. Thompson sofort in das offene Grab hinab und stellte eine praktischere Frage: „Sind Sie in Ihrem Beruf jemals Char-les Thompson begegnet?" „Thompson sei verdammt!" sagte der Totengräber mit großer Direktheit. „Was ich glaube, wenn er keine Religion hätte", antwortete der alte Mann, als er aus dem Grab kletterte.

Vielleicht blieb Mr. Thompson bei dieser Gelegenheit länger als gewöhnlich. Als er sein Gesicht der Stadt zuwandte, begannen vor ihm Lichter zu funkeln, und ein heftiger Wind, der durch den Nebel sichtbar wurde, trieb ihn vorwärts oder griff ihn, auf der Lauer liegend, wütend aus den Ecken verlassener Vorstadtstraßen an. An einer dieser Ecken sprang etwas anderes, ebenso undeutlich und böswillig, mit einem Eid, einer präsentierten Pistole und einer Geldforderung auf ihn zu. Aber ihm begegnete er mit einem eisernen Willen und einem stählernen Griff. Der Angreifer und der Angegriffene rollten zusammen auf dem Boden. Aber im nächsten Moment war der alte Mann aufgerichtet; Mit einer Hand hielt er die erbeutete Pistole, mit der anderen hielt er auf Armeslänge die Kehle einer mürrischen, jugendlichen und wilden Gestalt fest.

„Junger Mann", sagte Mr. Thompson und presste seine dünnen Lippen zusammen, „wie könnte Ihr Name sein?"

„Thompson!"

Die Hand des alten Mannes glitt von der Kehle zum Arm seines Gefangenen, ohne ihre Festigkeit zu lockern.

„Char-les Thompson, kommen Sie mit", sagte er plötzlich und führte seinen Gefangenen zum Hotel. Was dort geschah, ist nicht bekannt, aber am nächsten Morgen wurde bekannt, dass Herr Thompson seinen Sohn gefunden hatte.

Es ist angebracht, zu der oben genannten unwahrscheinlichen Geschichte hinzuzufügen, dass weder das Aussehen noch die Manieren des jungen Mannes etwas rechtfertigten. Ernsthaft, zurückhaltend und gutaussehend, seinem neu gefundenen Eltern ergeben, nahm er die Bezüge und Verantwortlichkeiten seines neuen Zustands mit einer gewissen Ernsthaftigkeit an, die eher an das heranreichte, was der Gesellschaft in San Francisco fehlte und – ablehnte. Einige verachteten diese Eigenschaft als Tendenz zum „Psalmsingen"; andere sahen darin die ererbten Eigenschaften der Eltern und waren bereit, dem Sohn das gleiche harte Alter zu prophezeien. Aber alle waren sich einig, dass dies nicht im Widerspruch zu den Gewohnheiten des Geldverdienens stand, vor denen Vater und Sohn respektiert wurden.

Und doch schien der alte Mann nicht glücklich zu sein. Vielleicht lag es daran, dass die Erfüllung seiner Wünsche ihn ohne eine praktische Mission zurückließ; vielleicht – und das ist umso wahrscheinlicher – hatte er wenig Liebe für den Sohn, den er wiedergewonnen hatte. Der von ihm geforderte Gehorsam wurde freiwillig gegeben, die Reform, die ihm am Herzen lag, war vollständig; und doch schien es ihm irgendwie nicht zu gefallen. Mit der Rückforderung seines Sohnes hatte er alle Anforderungen erfüllt, die seine religiösen Pflichten an ihn stellten, und dennoch schien es dieser Tat an Heiligung zu mangeln. In dieser Verwirrung las er noch einmal das Gleichnis vom verlorenen Sohn, das er sich schon vor langer Zeit als Leitfaden zu eigen gemacht hatte, und stellte fest, dass er das letzte Fest der Versöhnung versäumt hatte. Dies schien die angemessene Qualität der Zeremonie im Sakrament zwischen ihm und seinem Sohn zu bieten; und so machte er sich ein Jahr nach dem Erscheinen von Charles daran, ihm eine Party zu geben. „Laden Sie alle ein, Charles", sagte er trocken; „Jeder, der weiß, dass ich euch aus den Keltern der Ungerechtigkeit und aus der Gesellschaft der Huren herausgeführt habe; und fordere sie auf, zu essen und zu trinken und fröhlich zu sein."

Vielleicht hatte der alte Mann einen anderen Grund, der noch nicht klar analysiert wurde. Das schöne Haus, das er auf den Sandhügeln gebaut hatte, wirkte manchmal einsam und kahl. Er versuchte oft, aus den ernsten Gesichtszügen von Charles den kleinen Jungen zu rekonstruieren, an den er sich in der Vergangenheit nur schwach erinnerte und an den er in letzter Zeit viel gedacht hatte. Er glaubte, dass dies ein Zeichen für drohendes Alter und Kindlichkeit sei; Aber als er eines Tages in seinem formellen Salon auf das Kind eines der Diener traf, das darin verirrt war, hätte er es in die Arme genommen, aber das Kind floh vor seinem ergrauten Gesicht davon. Daher schien es äußerst angemessen, eine Reihe von Leuten in sein Haus einzuladen und aus der Schar der San Franciscoer Mädchen eine Schwiegertochter auszuwählen. Und dann würde da ein Kind sein – ein Junge, den er von Anfang an „erziehen" konnte und den er lieben konnte – so wie er Charles nicht liebte.

Wir waren alle auf der Party. Die Smiths, Joneses, Browns und Robinsons kamen auch, in jenem feinen Strom animalischer Lebensgeister, ungebremst durch jeglichen Respekt vor dem Entertainer, den die meisten von uns so faszinierend finden. Die Veranstaltung wäre etwas ausgelassen gewesen, wenn die Schauspieler nicht die gesellschaftliche Stellung gehabt hätten. Tatsächlich benahm sich Mr. Bracy Tibbets, der von Natur aus ein feines Gespür für humorvolle Situationen hatte, aber noch mehr durch die strahlenden Augen der Jones-Mädchen angespornt wurde, so bemerkenswert, dass er die ernste Aufmerksamkeit von Mr. Charles Thompson erregte, der auf ihn zukam und ruhig sagte: „Sie sehen übel aus, Mr. Tibbets; lassen Sie mich Sie zu Ihrer Kutsche führen. Widerstehen Sie, Sie Hund, und ich werde Sie durch dieses Fenster werfen. Hierher bitte; der Raum ist eng und beängstigend." Es ist kaum nötig zu erwähnen, dass nur ein Teil dieser Rede für die Gesellschaft hörbar war und dass der Rest von Mr. Tibbets geheim gehalten wurde, der später seine plötzliche Erkrankung bedauerte, die ihn daran hinderte, einem gewissen amüsanten Vorfall beizuwohnen, den die flinke Miss Jones als den „erfreulichsten Teil der Sause" bezeichnete und den ich hier schnell wiedergeben möchte.

Es war beim Abendessen. Es war offensichtlich, dass Mr. Thompson in seinen abstrakten Betrachtungen über ein bevorstehendes Ereignis viele Gesetzlosigkeiten im Verhalten der jüngeren Leute übersehen hatte. Als das Tischtuch entfernt wurde, stand er auf und klopfte grimmig auf den Tisch. Ein Kichern, das unter den Jones-Mädchen ausbrach, wurde auf einer Seite des Tisches epidemisch. Charles Thompson blickte vom Fußende des Tisches in zärtlicher Verwirrung auf. „Er wird eine Doxologie singen", „Er wird beten", „Ruhe für eine Rede", liefen durch den Raum.

„Heute ist es ein Jahr her, christliche Brüder und Schwestern", sagte Mr. Thompson mit grimmiger Überlegung, „heute ist es ein Jahr, seit mein Sohn nach Hause kam, nachdem er Weinfässer gegessen und sein Vermögen für Huren ausgegeben hatte." (Das Kichern hörte plötzlich auf.) „Schau ihn dir jetzt an. Char-les Thompson, steh auf." (Charles Thompson stand auf.) „Heute vor einem Jahr – und sieh ihn dir jetzt an."

Er war sicherlich ein hübscher Verschwender, der in seinem fröhlichen Abendkleid da stand – ein reuiger Verschwender, dessen traurige, gehorsame Augen auf den harten und mitfühlenden Blick seines Vaters gerichtet waren. Die jüngste Miss Smith bewegte sich aus den reinen Tiefen ihres törichten kleinen Herzens unbewusst auf ihn zu.

„Es ist fünfzehn Jahre her, seit er mein Haus verlassen hat", sagte Mr. Thompson, „ein Wanderer und ein verlorener Sohn." Ich selbst war ein Mann der Sünde, ihr christlichen Freunde, ein Mann des Zorns und der Bitterkeit" („Amen", von der ältesten Miss Smith) – „aber Gott sei Dank, ich bin vor dem kommenden Zorn geflohen." Es ist fünf Jahre her, seit ich den Frieden gefunden habe, der jedes Verständnis übersteigt . Habt ihr es, Freunde?" (Ein allgemeiner Unterchor von „Nein, nein" von den Mädchen und „Gib das Wort dafür" von Midshipman Coxe von der US-Schaluppe Wethersfield.) „Klopfen Sie, und es wird Ihnen geöffnet.

„Und als ich den Irrtum meiner Wege und die Kostbarkeit der Gnade erkannte", fuhr Herr Thompson fort, „kam ich, um sie meinem Sohn zu geben." Auf dem See- und Landweg suchte ich ihn weit und wurde nicht ohnmächtig. Ich wartete nicht darauf, dass er zu mir kam, was ich auch hätte tun können, und rechtfertigte mich mit dem Buch der Bücher, sondern ich suchte ihn zwischen seinen Hüllen auf und –" (der Rest des Satzes ging im … verloren raschelnder Rückzug der Damen). „Werke, christliche Freunde, ist mein Motto. An ihren Werken werdet ihr sie erkennen, und da ist meins."

Das besondere und akzeptierte Werk, auf das Mr. Thompson anspielte, war ganz blass geworden und blickte starr auf eine offene Tür, die zur Veranda führte, die kürzlich von gaffenden Dienern gefüllt war und nun Schauplatz eines unbestimmten Tumults war. Als der Lärm anhielt, durchbrach ein Mann, schäbig gekleidet und offensichtlich betrunken, die gegnerischen Wächter und taumelte in den Raum. Der Übergang vom Nebel und der Dunkelheit draußen zum grellen Licht und der Hitze drinnen blendete und betäubte ihn offensichtlich. Er nahm seinen zerschlissenen Hut ab und ließ ihn ein- oder zweimal vor seinen Augen vorbeigehen, während er sich, aber erfolglos, an der Rückenlehne eines Stuhls festhielt. Plötzlich fiel sein wandernder Blick auf das blasse Gesicht von Charles Thompson; und mit einem Schimmer kindlichen Erkennens und einem schwachen Falsettlachen stürmte er vorwärts, blieb am Tisch hängen, stieß die Gläser um und fiel buchstäblich auf die Brust des verlorenen Sohnes.

„ Sha'ly ! yo ' d——d ol ' scoun'rel , hoo Selten !"

„Still – setz dich! – Still!" sagte Charles Thompson und versuchte hastig, sich aus der Umarmung seines unerwarteten Gastes zu befreien.

„Schau sie dir an!" fuhr der Fremde fort, ohne auf die Ermahnung zu achten, hielt aber plötzlich den unglücklichen Charles auf Armeslänge in liebevoller und unverhohlener Bewunderung für seine festliche Erscheinung. „Schau sie dir an! Ist er nicht böse? Sha'ls , ich bin dein Bug ! "

"Das Haus verlassen!" sagte Mr. Thompson und erhob sich mit einem gefährlichen Ausdruck in seinen kalten, grauen Augen. „Char-les, wie kannst du es wagen?"

„Lass es ruhig köcheln, alter Mann! Sha'ls , wer ist der alte Blödmann ? Äh?"

„Still, Mann; hier nimm das!" Mit nervösen Händen füllte Charles Thompson ein Glas mit Alkohol. „Trink es und geh – bis morgen – jederzeit, aber – lass uns! – geh jetzt!" Aber selbst dann, bevor der elende Kerl trinken konnte, war der alte Mann, blass vor Leidenschaft, über ihm her. Halb trug er ihn in seinen kräftigen Armen, halb schleppte er ihn durch die kreisende Menge verängstigter Gäste und hatte die Tür erreicht, die von den wartenden Dienern aufgerissen wurde, als Charles Thompson aus scheinbarer Benommenheit auffuhr und weinte:

"Stoppen!"

Der alte Mann blieb stehen. Durch die offene Tür trieben Nebel und Wind kühl. "Was bedeutet das?" fragte er und wandte Charles ein unheilvolles Gesicht zu.

„Nichts – außer aufhören – um Gottes Willen. Warte bis morgen, aber nicht heute Abend. Tun Sie das nicht – ich flehe Sie an.

Es lag etwas im Tonfall der Stimme des jungen Mannes, vielleicht etwas im Kontakt mit dem kämpfenden Kerl, den er in seinen starken Armen hielt; aber eine trübe, unbestimmte Angst bemächtigte sich des Herzens des alten Mannes. „Wer", flüsterte er heiser, „ist dieser Mann?"

Charles antwortete nicht.

„Nehmen Sie alle einen Schritt zurück", donnerte Mr. Thompson zu den Gästen, die sich um ihn drängten. „Char-les – komm her! Ich befehle dir – ich – ich – ich – flehe dich an – sag mir, WER ist dieser Mann?"

Nur zwei Personen hörten die Antwort, die Charles Thompson schwach über die Lippen kam :

"DEIN SOHN."

Als der Tag über den kahlen Sandhügeln anbrach, hatten die Gäste Mr. Thompsons Bankettsäle verlassen. Die Lichter brannten immer noch schwach und kalt in den verlassenen Räumen – verlassen von allen bis auf drei Gestalten, die sich im kühlen Salon zusammendrängten, als suchten sie Wärme. Einer lag im betrunkenen Schlaf auf einer Couch; zu seinen Füßen saß der Mann, der als Charles Thompson bekannt war; und neben ihnen, abgemagert und auf die Hälfte seiner Größe geschrumpft, verneigte sich die Gestalt von Mr. Thompson, sein graues Auge starr, die Ellbogen auf die Knie gestützt und die Hände über die Ohren gelegt, als wollte er die traurige, bittende Stimme ausblenden, die er hörte schien den Raum zu füllen.

„Gott weiß, ich hatte nicht vor, vorsätzlich zu täuschen. Der Name, den ich in dieser Nacht nannte, war der erste, der mir in den Sinn kam – der Name von jemandem, den ich für tot hielt – der zügellose Begleiter meiner Schande. Und als du weiter nachfragtest, nutzte ich das Wissen, das ich von ihm erlangte, um dein Herz zu berühren und mich zu befreien; nur, ich schwöre, dafür! Aber als Sie mir sagten, wer Sie waren, und ich zum ersten Mal den Beginn eines anderen Lebens vor mir sah – dann – dann – O, Herr, wenn ich hungrig, obdachlos und rücksichtslos gewesen wäre, als ich Ihnen Ihr Gold geraubt hätte, ich war herzkrank, hilflos und verzweifelt, als ich dir deine Liebe hätte rauben wollen!“

Der alte Mann rührte sich nicht. Von seiner luxuriösen Couch aus schnarchte der neu gefundene Verschwender friedlich.

„Ich hatte keinen Vater, auf den ich Anspruch erheben konnte. Ich kannte kein anderes Zuhause als dieses. Ich war versucht. Ich war glücklich – sehr glücklich.“

Er stand auf und blieb vor dem alten Mann stehen. „Fürchte nicht, dass ich mich zwischen deinen Sohn und sein Erbe stelle. Heute verlasse ich diesen Ort und werde nie wieder zurückkehren. Die Welt ist groß, Sir, und dank deiner Güte sehe ich jetzt, wie man seinen Lebensunterhalt ehrlich verdienen kann. Auf Wiedersehen . Du willst meine Hand nicht nehmen? Also gut. Auf Wiedersehen .“

Tür erreicht hatte , kam er plötzlich zurück, hob mit beiden Händen das graue Haupt und küsste es ein- und zweimal.

„Char-les.“

Da war keine Antwort.

„Char-les!“

Der alte Mann stand erschrocken auf und taumelte schwach zur Tür. Es war offen. Es überkam ihn der erwachte Tumult einer großen Stadt, in der die Fußspuren des verlorenen Sohnes für immer verloren waren.

DIE ROMANTIK VON MADRONO HOLLOW.

Der Riegel am Gartentor der Folinsbee Ranch klickte zweimal. Das Tor selbst lag in dieser schönen Nacht so sehr im Schatten, dass der „alte Mann Folinsbee", der auf seiner Veranda saß, nichts als einen hohen weißen Hut und ein paar flatternde Bänder daneben unter den Kiefern erkennen konnte, die den Eingang markierten. Ich weiß nicht, ob dies an dieser Tatsache lag oder ob seiner Ansicht nach seit dem Klicken des Riegels ausreichend Zeit verstrichen war, um eine eindeutigere Offenlegung zu ermöglichen; aber nach ein paar Augenblicken des Zögerns legte er ruhig seine Pfeife beiseite und ging langsam den gewundenen Pfad hinunter zum Tor. An der Ceanothus-Hecke blieb er stehen und lauschte.

Da war nicht viel zu hören. Der Hut sagte zu den Bändern, dass es eine schöne Nacht sei, und bemerkte allgemein die klaren Umrisse der Sierras vor dem blauschwarzen Himmel. Die Bänder, so schien es, hatten dies auf dem ganzen Weg nach Hause bewundert und den Hut gefragt, ob er jemals etwas halb so Schönes gesehen habe wie das Mondlicht auf dem Gipfel. Der Hut hatte es nie; Es erinnerte an einige schöne Nächte im Süden von Alabama („im Süden in Ahlabahm ", wie der alte Mann es hörte), aber es gab noch andere Dinge, die diese Nacht so angenehm erscheinen ließen. Die Bänder konnten sich unmöglich vorstellen, woran der Hut denken könnte. An diesem Punkt entstand eine Pause, die Mr. Folinsbee nutzte, um sehr grimmig und knirschend den Kiesweg hinunter zum Tor zu gehen. Dann wurde der Hut gelüftet und verschwand im Schatten, und Mr. Folinsbee sah nur das halb törichte, halb schelmische, aber ganz und gar hübsche Gesicht seiner Tochter.

Madrono Hollow erfuhr später , dass zwischen „Miss Jo" und dem alten Mann scharfe Worte gewechselt wurden und dass dieser die Namen eines gewissen Culpepper Starbottle und seines Onkels, Colonel Starbottle , mit gewissen unhöflichen Schimpfwörtern verband, und dass Miss Jo scharf revanchierte . „Das Blut ihres Vaters kochte vor dem Gesicht ihres Vaters und bewies, dass sie wirklich seiner Rasse angehörte", zitierte der Schmied, der sich an den edlen Vers von Byron orientierte. „Sie hat den Bluff des alten Mannes gesehen und ihn großgezogen", lautete der Kommentar des Regisseurs des College-Masters.

Unterdessen wanderte der Gegenstand dieser Animationen langsam die Straße entlang bis zu einem Punkt, wo das Folinsbee-Herrenhaus in Sicht kam – ein langes, schmales, weißes Gebäude, unprätentiös, aber seinen Nachbarn überlegen, und in den Weinreben einige Beweise von Geschmack und Raffinesse tragend das über seine Veranda kletterte, in seinen französischen Fenstern und den weißen Musselinvorhängen, die tagsüber die heftige kalifornische Sonne abhielten und jetzt im lieblichen Mondlicht mit Silber geschmückt waren. Culpepper lehnte sich an den niedrigen Zaun und blickte lange und ernst auf das Gebäude. Dann verschwand das Mondlicht geisterhaft aus einem der Fenster, ein materieller Schein trat an seine Stelle, und eine mädchenhafte Gestalt mit einer Kerze in der Hand zog die weißen Vorhänge zusammen. Für Culpepper war es eine Vestalin, die vor einem heiligen Schrein stand; Für den prosaischen Beobachter fürchte ich, dass es sich nur um eine blonde junge Frau handelte, deren böse schwarze Augen noch immer mit unkindlicher Wärme leuchteten. Doch als die Gestalt verschwunden war, trat er zügig hinaus ins Mondlicht der Landstraße. Hier nahm er seinen charakteristischen Hut ab, um sich die Stirn abzuwischen, und der Mond schien voll auf sein Gesicht.

Es war nicht unscheinbar, wenn auch etwas zu dünn, dürr und gallig, um insgesamt angenehm zu sein. Die Wangenknochen traten hervor und die schwarzen Augen lagen tief in den Augenhöhlen. Glattes schwarzes Haar fiel schräg von einer hohen, aber schmalen Stirn und fiel über einen Teil einer hohlen Wange. Ein langer schwarzer Schnurrbart folgte den senkrechten Kurven seines Mundes. Es war im Großen und Ganzen ein ernstes, sogar quijotisches Gesicht, aber manchmal wurde es durch ein seltenes Lächeln von so zärtlicher und sogar erbärmlicher Süße aufgelockert, dass Fräulein Jo angeblich gesagt haben soll, wenn es nur die Zeremonie durchhalten würde, würde sie hätte seinen Besitzer auf der Stelle geheiratet. „Das habe ich ihm einmal gesagt", fügte die schamlose junge Frau hinzu; „Aber der Mann verfiel sofort in eine tiefe Melancholie und lächelte seitdem nicht mehr."

Eine halbe Meile unterhalb der Folinsbee Ranch senkte sich die weiße Straße ab und wurde von einem Pfad gekreuzt, der durch die Madrono- Senke führte. Vielleicht, weil es fast eine Abzweigung zur Siedlung war, vielleicht aus einem weniger praktischen Grund, nahm Culpepper diesen Weg und stand nach wenigen Augenblicken zwischen den selten schönen Bäumen, die dem Tal seinen Namen gaben. Selbst in diesem unsicheren Licht war die seltsame Schönheit dieser harlekinischen Maskeraden deutlich zu erkennen; Ihre roten Stämme – eine Röte im Mondlicht, ein tiefer Blutfleck im Schatten – hoben sich vom silbrig grünen Laub ab. Es war, als hätte die Natur in irgendeinem gnädigen Moment hier die Zigeunererinnerungen des transplantierten Spaniers eingefangen und kristallisiert, um ihn in seinem einsamen Exil aufzumuntern.

Als Culpepper den Hain betrat, hörte er laute Stimmen. Als er sich zu einer Baumgruppe umdrehte, trat eine Gestalt heraus, die so bizarr und charakteristisch war, dass es sich um eine dort ansässige Daphne hätte handeln können – eine Gestalt, übermäßig gekleidet in purpurrote Seide und Spitze, mit nackten braunen Armen und Schultern und einem Kranz aus Geißblatt des Schattens. Ihm folgte ein Mann. Culpepper begann. Um es kurz auf den Punkt zu bringen: Er erkannte in dem Mann die Züge seines angesehenen Onkels, Colonel Starbottle ; Bei der Frau handelt es sich um eine Dame, die man kurz als eine Frau beschreiben kann, die absolut keinen Anspruch darauf hat, dem höflichen Leser vorgestellt zu werden. Um sich über ebenso unangenehme Details zu beeilen: Beide standen offenbar unter Alkoholeinfluss.

Aus der aufgeregten Unterhaltung, die darauf folgte, schloss Culpepper, dass die Dame auf einem öffentlichen Ball, den sie an diesem Abend besucht hatte, beleidigt worden war; dass der Colonel, ihr Begleiter, es nicht mit der blutigen Vollständigkeit übel genommen hatte, die sie sich gewünscht hatte. Ich bedaure, dass ich selbst in einem liberalen Zeitalter möglicherweise nicht die genaue und sogar malerische Sprache wiedergeben kann, in der dies ihren Zuhörern vermittelt wurde. Genug, dass sie am Ende einer feurigen Rede mit weiblicher Inkonsequenz auf den tapferen Colonel losging und ihre verspätete Rache an seinem unglücklichen Kopf heimgesucht hätte, wenn nicht Culpeppers promptes Eingreifen gewesen wäre. Als sie daran scheiterte, warf sie sich zu Boden und geriet dann in unmalerische Hysterie. Es war eine schöne moralische Lektion, nicht nur in dieser grotesken Darbietung eines Geschlechts, das es sich nicht leisten kann, grotesk zu sein, sondern auch in der lächerlichen Besorgnis, die es den beiden Männern entgegenbrachte. Culpepper, für den die Frau mehr oder weniger engelhaft war, war schmerzerfüllt und mitfühlend; Der Oberst, zu dem sie mehr oder weniger ungebührlich war, war äußerst verängstigt und verlegen. Der Sturm war jedoch bald vorüber, und nachdem Herrin Dolores einen kleinen Dolch in die Scheide (ihr Strumpfband) zurückgesteckt hatte, verließ sie stillschweigend Madrono Hollow und verließ diese Seiten glücklich für immer. Die beiden Männer unterhielten sich, sich selbst überlassen, leise. Dawn schlich sich an sie heran, bevor sie sich trennten: der Colonel war völlig nüchtern und im vollen Besitz seiner üblichen unbekümmerten Selbstbehauptung; Culpepper mit einem unheilvollen Leuchten in seiner hohlen Wange und einem aufsteigenden Feuer in seinen dunklen Augen.

Am nächsten Morgen war das allgemeine Ohr von Madrono Hollow voller Gerüchte über das Missgeschick des Colonels. Es wurde behauptet, dass er aufgefordert worden sei, seine Begleiterin vom Boden des Versammlungsballs im Independence Hotel abzuziehen, und dass beide, da er dieser Aufforderung nicht nachgekommen sei, des Platzes verwiesen worden seien. Es ist zu bedauern, dass die öffentliche Meinung im Jahr 1854 hinsichtlich der Angemessenheit dieses Schritts gespalten war und dass es einige Diskussionen über die relative Tugend der Damen gab, die nicht ausgewiesen wurden; aber es wurde allgemein eingeräumt, dass der eigentliche Casus Belli politischer Natur sei . „Ist das ein gescheitertes puritanisches Treffen?" hatte den Colonel wütend gefragt. „Das ist kein

Pike-County-Spaß", hatte der Floormanager fröhlich geantwortet. „Du bist ein Idiot!" hatte der Colonel geschrien und das Substantiv profan qualifiziert. "Erhalten! „Du Grenzgänger", war die Antwort. Dies war zumindest der Inhalt der Berichte. Da in dieser aufrichtigen Epoche auf Äußerungen wie die oben genannten normalerweise prompte Taten folgten, wurde getrost nach einem Aufruhr gesucht.

Es geschah jedoch nichts. Am nächsten Tag erschien Colonel Starbottle mit seiner üblichen Wichtigtuerei auf den Straßen, ein wenig gedämpft durch die Anwesenheit seines Neffen, der ihn begleitete und der als allgemeiner Liebling auch gegenüber Neugierigen und Unverschämten eine gewisse Zurückhaltung übte. Aber Culpeppers Gesicht zeigte einen Ausdruck der Besorgnis, der ganz im Gegensatz zu seiner sonst so ernsten Ruhe stand. „Der Don scheint den Rückschlag des alten Mannes nicht freundlich aufzunehmen", bemerkte der mitfühlende Schmied. „ Vielleicht war er selbst lieb zu Dolores", meinte der skeptische Expressbote.

Es war ein strahlender Morgen, eine Woche nach diesem Vorfall, als Miss Jo Folinsbee aus ihrem Garten auf die Straße trat. Diesmal klickte der Riegel nicht, als sie vorsichtig das Tor hinter sich schloss. Nach einem Moment der Unentschlossenheit, die unangenehm gewesen wäre, wenn sie nicht nach der Art ihres Geschlechts charmant eingesetzt worden wäre, indem sie eine Schleife unter einem grübchenhaften, aber ziemlich hervorstehenden Kinn zurechtgerückt und die Finger eines gut sitzenden Handschuhs heruntergezogen hätte, stolperte sie in Richtung der Siedlung. Kein Wunder, dass ein vorbeifahrender Fuhrmann seine sechs Maultiere in den Straßengraben trieb und seine Ladung gefährdete , um den Staub von ihren makellosen Kleidungsstücken fernzuhalten; Kein Wunder, dass der „Lightning Express" seine Geschwindigkeit und sein Blitzlicht zurückhielt, um sie passieren zu lassen, und dass der Expressfahrer, von dem es nie bekannt war, dass er mehr als schnelle einsilbige Worte mit seinen Mitmenschen wechselte, ihr mit atemloser Bewunderung nachsah. Denn sie war auf jeden Fall attraktiv. In einem Land, in dem das Ziergeschlecht dem Beispiel der jugendlichen Natur folgte und zu übermäßiger Kleidung und grellem Aufblühen neigte, trug Miss Jos einfache und geschmackvolle Kleidung viel zum körperlichen Charme ihrer Anwesenheit bei, wenn sie nicht sogar ein Gefühl dafür vermittelte. Es heißt, dass Euchre-Deck Billy, der in der Schlucht an der Kreuzung arbeitete, Miss Folinsbee nie vorbeikommen sah, aber dass er seiner Partnerin gegenüber immer entschuldigend bemerkte, dass „er glaubte, er MUSS einen Brief nach Hause schreiben." Sogar Bill Masters, der sah, wie sie in Paris der wohlwollenden Kritik dieses äußerst anspruchsvollen Mannes, des verstorbenen Kaisers, ausgesetzt war, sagte, dass sie umwerfend sei, aber einen großen Unterschied zu dem, was sie in Madrono Hollow war.

Es war noch früher Morgen, aber die Sonne hatte mit kalifornischer Extravaganz bereits begonnen, heiß auf den kleinen Chiphut und die blauen Schleifen zu brennen, und Miss Jo war gezwungen, den Schatten eines Nebenwegs aufzusuchen. Hier nahm sie die schüchternen Annäherungsversuche eines vagabundierenden gelben Hundes gnädig auf, bis er, durch seinen Erfolg ermutigt, darauf bestand, sie zu begleiten, und, sabbernd demonstrativ werdend, ihren makellosen Rock mit seinen staubigen Pfoten bedrohte, als sie ihn mit einer Kränkung von sich vertrieb Härte und ein Stein, der zufällig bis auf fünfzig Fuß an sein Ziel fiel. Nachdem sie auf diese Weise ihre Fähigkeit, sich zu verteidigen, unter Beweis gestellt hatte, geriet sie mit der für sie charakteristischen Inkonsequenz in Panik, raffte mit einer Hand ihre weißen Röcke zusammen und hielt sich mit der anderen die Hutkrempe über die Augen und rannte schnell mindestens hundert Meter weit bevor sie aufhörte. Dann fing sie an, ein paar Farne und ein paar Wildblumen zu pflücken, die noch auf den verdorrten Feldern verblieben waren, und dann überkam sie ein plötzliches Misstrauen gegenüber ihren kleinen Knöcheln, und sie untersuchte sie genau nach Kletten, Käfern und Schlangen, die angeblich auf der Lauer lagen für hilflose Weiblichkeit. Dann pflückte sie ein paar goldene Haferköpfe und steckte sie sich mit einer plötzlichen Eingebung in ihr schwarzes Haar, und dann gelangte sie ganz unbewusst auf den Pfad, der nach Madrono Hollow führte.

Hier zögerte sie. Vor ihr verlief der kleine Pfad, der schließlich in den waldigen Tiefen unter ihnen verschwand. Die Sonne war sehr heiß. Sie muss sehr weit weg von zu Hause sein. Warum sollte sie sich nicht eine Weile im Schatten eines Madronos ausruhen ?

Sie beantwortete diese Fragen, indem sie sofort dorthin ging. Nachdem sie den Hain gründlich erkundet hatte und sich überzeugt hatte, dass es kein anderes lebendes menschliches Wesen darin gab, setzte sie sich mit einem zufriedenen kleinen Seufzer unter einen der größten Bäume. Miss Jo liebte den Madrono . Es war ein sauberer Baum; auf seinen lackierten Blättern lag nie Staub; Von seinem makellosen Schatten war nie bekannt, dass er Larven oder Insekten beherbergte.

Sie blickte zu den rosigen Armen auf, die über ihrem Kopf verschränkt und gewölbt waren. Sie blickte auf die zarten Farne und Kryptogamen zu ihren Füßen hinab. An der Wurzel des Baumes glitzerte etwas. Sie hob es auf; es war ein Armband. Sie untersuchte es sorgfältig auf eine Chiffre oder Inschrift; es war nichts zu finden. Sie konnte dem natürlichen Verlangen nicht widerstehen, es an ihren Arm zu schnallen und es von diesem vorteilhaften Aussichtspunkt aus zu betrachten. Dies nahm ihre Aufmerksamkeit für einige Augenblicke in Anspruch; und als sie wieder aufblickte , erblickte sie in einiger Entfernung Culpepper Starbottle .

Er stand dort, wo er mit instinktiver Zartheit stehengeblieben war, als er sie zum ersten Mal entdeckt hatte. Tatsächlich hatte er sogar darüber nachgedacht, ob er nicht weggehen sollte, ohne sie zu stören. Aber eine gewisse Faszination hielt ihn fest. Wunderbare Kraft der Menschheit! Weit dahinter ragte ein Ausläufer der Sierra empor, riesig, kompakt und still. Kaum hundert Meter entfernt ragte ein kilometerlanger Abgrund mit seinen steilen Granitwänden tausend Fuß tief in die Tiefe. Überall ragten die dicht gedrängten Reihen der Kiefern empor, in deren dicht gedrängten Reihen Jahrhunderte des Sturms und der Veränderungen keinen Durchbruch hervorgerufen hatten. Doch all dies schien Culpepper von einer allwissenden Vorsehung als natürlicher Hintergrund für die Figur eines hübschen Mädchens in einem gelben Kleid geplant worden zu sein.

Obwohl Miss Jo zuversichtlich damit gerechnet hatte, Culpepper irgendwo auf ihrem Streifzug zu treffen, war sie nun, als er plötzlich auf sie traf, enttäuscht und verlegen. Auch sein Auftreten war ernster und ernster als sonst; und schien mehr denn je die kühne Leichtigkeit zu beeinträchtigen, die die Macht und Sicherheit dieses schwindelerregenden Mädchens in einer Gesellschaft ausmachte, in der alle Gefühle gefährlich waren. Als er sich ihr näherte , stand sie auf, aber bevor sie es merkte, hatte er ihre Hand genommen und sie zu einem Platz neben sich gezogen. Das hatte Miss Jo nicht erwartet, aber nichts lässt sich so schwer vorhersagen wie die genauen Vorbereitungen einer Liebeserklärung.

Was hat Culpepper gesagt? Ich fürchte, nichts, was der Weisheit des Lesers etwas hinzufügen könnte; Ich fürchte, nichts, was Miss Jo nicht schon vorher wesentlich von anderen Lippen gehört hätte. Aber es lag eine gewisse Überzeugung, Schnelligkeit und Wut in der Art, die für die junge Dame köstlich neu war. Es war sicherlich etwas, das im 19. Jahrhundert mit der ganzen Leidenschaft und Extravaganz des 16. Jahrhunderts umworben werden musste; Es war etwas zu hören, inmitten des Slangs einer Grenzgesellschaft, der Sprache des fahrenden Rittertums, die dieser Nachkomme der Kavaliere mit Laternenkiefer und dunkelbraunen Augenbrauen ihr ins Ohr flüsterte.

Ich weiß nicht, dass da noch mehr drin war. Die Tatsachen zeigen jedoch, dass Miss Jo irgendwann ihren Handschuh fallen ließ und dass Culpepper, als er ihn wiedererlangte, zuerst von ihrer Hand und dann von ihren Lippen Besitz ergriff. Als sie aufstanden, um zu gehen, hatte Culpepper seinen Arm um ihre Taille gelegt, und ihr schwarzes Haar mit dem Bündel goldener Haferflocken lag an der Brusttasche seines Mantels. Aber selbst dann glaube ich nicht, dass ihre Fantasie völlig gefangen war. Sie empfand eine gewisse Genugtuung über diese Demonstration von Culpeppers großartiger Größe und verglich sie im Geiste mit einer ehemaligen Flamme, einem Leutnant McMirk , einem aktiven, aber unterdimensionierten Hector, der später den unvorsichtig gelassenen und eintönigen Getränken einer Grenzregion zum Opfer fiel Garnison. Sie war auch nicht so sehr damit beschäftigt, dass ihre scharfen Augen, obwohl sie Culpeppers Blicke absorbierten, dennoch aus der Ferne die Gestalt eines Mannes erkennen konnten, der sich näherte. Einen Augenblick später löste sie sich aus Culpeppers Arm, fuchtelte mit den Händen hinter dem Rücken und sagte: „Da ist dieser schreckliche Mann!"

Culpepper blickte auf und sah, wie sein verehrter Onkel keuchend und atmend über den Hügel hinwegflog. Seine Stirn zog sich zusammen, als er sich an Miss Jo wandte: „Sie mögen meinen Onkel nicht!"

"Ich hasse ihn!" Miss Jo erlangte ihre fertige Zunge wieder.

Culpepper errötete. Er hätte gerne auf einige Einzelheiten über die Herkunft und die Heldentaten des Colonels eingegangen, aber dazu fehlte ihm die Zeit. Er lächelte nur traurig. Das Lächeln ließ Miss Jo dahinschmelzen. Sie streckte schnell ihre Hand aus und sagte mit noch mehr als ihrer üblichen Unverschämtheit: „Lassen Sie sich von diesem Mann nicht in Schwierigkeiten bringen. Pass auf dich auf, mein Lieber, und lass nicht zu, dass dir etwas passiert."

Miss Jo wollte, dass diese Rede erbärmlich war; Der Lebensweg unter ihren Liebhabern war bisher sehr ungewiss gewesen. Culpepper drehte sich zu ihr um, aber sie war bereits im Dickicht verschwunden.

Der Colonel kam keuchend heran. „Ich habe in der ganzen Stadt nach Ihnen gesucht und bin begeistert, Sir. Wer war das bei dir?"

"Eine Dame." (Culpepper hat nie gelogen, aber er war diskret.)

„Verdammt noch mal ! Schauen Sie, Culp, ich habe den Mann entdeckt, der den Befehl gegeben hat, mich vom Boden zu heben" („ flo ", sagte der Colonel), „neulich Nacht!"

"Wer war es?" fragte Culpepper lustlos.

„Jack Folinsbee."

"WHO?"

„Na ja, der Sohn dieses feigen Niggeranbetenden und Psalmen singenden puritanischen Yankee. Was ist jetzt das Problem? Schau mal, Culp, das bist du nicht Geht wieder auf dein Blut, oder ? Das bist du nicht Halten Sie Ihr Wort zurück? Willst du diesem Müll nicht wie ein ausgepeitschter Hund zu Füßen liegen?"

Culpepper schwieg. Er war sehr weiß. Dann blickte er auf und sagte leise: "NEIN."

Culpepper Starbottle hatte Jack Folinsbee herausgefordert und die Herausforderung wurde angenommen. Der angebliche Grund war die Verweisung von Culpeppers Onkel vom Boden des Versammlungsballs auf Befehl von Folinsbee. So viel wusste und konnte Madrono Hollow schwören; Aber es gab noch andere seltsame Gerüchte, die der Schmied geschickt erklären konnte. „Sehen Sie, meine Herren", sagte er zu der Menge, die sich um seinen Amboss versammelt hatte, „ich habe keine Theorie zu dieser Angelegenheit, ich gebe nur ein paar Fakten an, die mir bekannt geworden sind." Culpepper und Jack treffen sich ganz zufällig, etwa in Bobs Saloon. Jack geht zu Culpepper und sagt: „Ein Wort mit dir." Culpepper verneigt sich und tritt auf diese Weise zur Seite, während Jack HIER herumsteht." (Der Schmied demonstriert die Position der Parteien mit zwei alten Hufeisen auf dem Amboss.) „Jack zieht ein Armband aus seiner Tasche und sagt: ‚Kennst du dieses Armband?' Culpepper sagt: „Das tue ich nicht", ganz cool und locker. Jack sagt: „Du hast es meiner Schwester gegeben." Culpepper sagt, immer noch cool, wie man will: „Das habe ich nicht." Jack sagt: „Du lügst, Gott sei Dank ! " und zieht seinen Derringer. Culpepper springt ungefähr hier vorwärts" (es wird auf das Diagramm Bezug genommen) „und Jack schießt. Niemand hat getroffen. Es ist eine Sache der mächtigen Cur'os , meine Herren", fuhr der Schmied fort, verfiel plötzlich ins Abstrakte und stützte sich nachdenklich auf seinen Amboss, – „es ist eine Sache der mächtigen Cur'os , dass niemand so oft getroffen wird. Du und ich werfen bei einem kleinen Spiel gesellig unsere Revolver aufeinander ab, und der Raum ist voll und niemand wird getroffen! Das ist es, was mich bewegt."

„Macht nichts, Thompson", stimmte Bill Masters zu, „es gibt eine andere und bessere Welt, in der wir das alles wissen und – bessere Schützen werden." Fahren Sie mit Ihrer Geschichte fort."

„Nun, einige packen Culpepper und andere packen Jack und trennen sie so. Dann erzählt Jack ihnen , wie er gesehen hatte, wie seine Schwester ein Armband trug, von dem er wusste, dass es Dolores von Colonel Starbottle geschenkt worden war . Dass Miss Jo nicht sagen wollte, woher sie es hatte, aber zugab, Culpepper an diesem Tag gesehen zu haben. Und das Kurioseste an der Sache ist, dass Culpepper nicht aufsteht, alles zurücknimmt, was er gesagt hat, und zugibt, dass er ihr das Armband gegeben hat. Nun, meine Herren, meine Herren, ist, dass er gelogen hat; Es sieht diesem Mann nicht ähnlich, einem Mädchen zu zeigen, dass er irgendetwas von diesem Stück respektiert, Dolores. Aber jetzt ist alles beim Alten, und es gibt nur noch eines zu tun."

Die Art und Weise, wie dies getan wurde, gehört zur Geschichte von Madrono Hollow. Der Morgen war hell und klar; Die Luft war leicht kühl, aber das lag an dem Nebel, der an den Ufern des Flusses aufstieg. Bereits um sechs Uhr war das vorgesehene Gelände – eine kleine Öffnung im Madrono-Hain – von Culpepper Starbottle , Colonel Starbottle , seinem Stellvertreter und dem Chirurgen besetzt . Der Oberst war begeistert und aufgeregt, wenn auch auf eine ziemlich imposante, würdevolle Weise, und wies den Chirurgen auf die Vorzüglichkeit des Bodens hin, der zu dieser Stunde völlig im Schatten der Sonne lag, deren stetiger Blick Ihren Duellanten mehr oder weniger verunsichert . Der Chirurg warf sich ins Gras und rauchte seine Zigarre. Culpepper lehnte ruhig und nachdenklich an einen Baum und blickte den Fluss hinauf. Die Gruppe hatte den seltsamen Eindruck eines Picknicks, der noch verstärkt wurde, als der Colonel eine Flasche aus seinem Rockschöße zog, einen vorläufigen Schluck trank und ihn den anderen anbot. „Cocktails, Sir", erklärte er mit würdevoller Präzision. „Ein Gentleman, Sir, sollte niemals ohne sie ausgehen . Hält die morgendliche Kälte fern. Ich erinnere mich, dass ich 1953 mit Hank Boompirater ausgegangen bin . Gut gemacht , Sir, der Mann musste seinen Mantel anziehen und wurde darin erschossen. Tatsache."

Aber das Geräusch der Räder übertönte die Erinnerungen des Colonels, und ein schnell gefahrener Buggy mit Jack Folinsbee, Calhoun Bungstarter, seinem Stellvertreter und Bill Masters fuhr auf dem Boden vor. Jack Folinsbee sprang fröhlich heraus. „Ich hatte die schönste Arbeit, ohne die Anhörung des Gouverneurs davonzukommen", begann er und wandte sich mit größter Geschwätzigkeit an die Gruppe vor ihm. Calhoun Bungstarter berührte seinen Arm und der junge Mann errötete. Es war sein erstes Duell.

„Wenn Sie bereit sind, meine Herren", sagte Herr Bungstarter, „gehen wir besser zur Sache." Ich glaube, es versteht sich, dass keine Entschuldigung angeboten oder angenommen wird. Wir können die Vorbereitungen auch gleich erledigen, sonst fürchte ich, dass wir unterbrochen werden. In der Stadt geht das Gerücht um, dass das Wachsamkeitskomitee unsere Freunde, die Starbottles , sucht , und ich glaube, als ihr Landsmann habe ich die Ehre, in ihren Haftbefehl aufgenommen zu werden."

Bei dieser Wahrscheinlichkeit einer Unterbrechung überkam die Gruppe jene Schwerkraft, die bisher gefehlt hatte. Die Vorbereitungen wurden bald getroffen und die Schulleiter in Position gebracht. Dann herrschte Stille.

Für einen Zuschauer vom Hügel, der von dem Picknickvorschlag beeindruckt war, durchbrach das Knallen zweier Champagnerkorken die Stille.

Culpepper hatte in die Luft geschossen. Colonel Starbottle stieß einen leisen Fluch aus. Jack Folinsbee verlangte mürrisch einen weiteren Schuss.

Wieder standen sich die Parteien gegenüber. Wieder wurde das Wort gegeben, und der Knall beider Pistolen schien gleichzeitig durch die Luft zu kommen. Aber nach einer Pause von ein paar Sekunden waren alle überrascht, als Culpepper langsam seine nicht explodierte Waffe hob und sie harmlos über seinem Kopf abfeuerte. Dann warf er die Pistole auf den Boden, ging zu einem Baum und lehnte sich schweigend dagegen.

Jack Folinsbee geriet in einen Wutanfall. Colonel Starbottle tobte und fluchte. Herr Bungstarter war über ihr Verhalten zutiefst schockiert. „Wirklich, meine Herren, wenn Mr. Culpepper Starbottle einen weiteren Schuss ablehnt, wüsste ich nicht, wie wir weitermachen sollen."

Aber das Blut des Colonels war in Wallung, und Jack Folinsbee war ebenso unerbittlich. Es folgte eine eilige Beratung, die damit endete, dass Colonel Starbottle den Platz seines Neffen als Schulleiter einnahm, Bill Masters fungierte als Stellvertreter und stellvertretender Mr. Bungstarter, der jede weitere Verbindung zu der Angelegenheit ablehnte.

Zwei unterschiedliche Berichte hallten durch den Hollow. Jack Folinsbee ließ seine rauchende Pistole fallen, machte einen Schritt nach vorne und fiel dann schwer auf sein Gesicht.

Einen Augenblick später war der Chirurg an seiner Seite. Die Verwirrung wurde durch das Trampeln von Hufen und die Stimme des Schmieds verstärkt, der sie aufforderte, vor dem kommenden Sturm um ihr Leben zu fliehen. Einen Moment später war der Boden frei, und als der Chirurg aufblickte, sah er nur das weiße Gesicht von Culpepper, der sich über ihn beugte.

„Kannst du ihn retten?"

"Ich kann nicht sagen. Halte seinen Kopf einen Moment hoch, während ich zum Buggy renne."

Culpepper legte seinen Arm zärtlich um den Hals des gefühllosen Mannes. Bald darauf kam der Chirurg mit einigen Stimulanzien zurück.

„Das reicht, Mr. Starbottle , vielen Dank. Mein Rat ist jetzt, von hier wegzukommen, solange Sie können. Ich kümmere mich um Folinsbee. Hörst du?"

Culpeppers Arm lag immer noch um den Hals seines verstorbenen Gegners, aber sein Kopf war herabgesunken und auf die Schulter des verwundeten Mannes gefallen. Der Chirurg blickte nach unten, und als er sein Gesicht erblickte, bückte er sich und hob ihn sanft in seine Arme. Er öffnete seinen Mantel und seine Weste. Auf seinem Hemd war Blut und in seiner Brust ein Einschussloch. Er war beim ersten Feuer erschossen worden.

DER DICHTER VON SIERRA FLAT.

Als der unternehmungslustige Herausgeber des „Sierra Flat Record" an seinem Schreibblock für die Zeitung der nächsten Woche stand, konnte er nicht umhin, die Spechte zu hören, die auf dem Dach über seinem Kopf beschäftigt waren. Ihm kam der Gedanke, dass die Vögel möglicherweise noch nicht gelernt hatten, in der groben Struktur irgendeine Verbesserung gegenüber der Natur zu erkennen, und dieser Gedanke gefiel ihm so sehr, dass er ihn in den Leitartikel aufnahm, den er damals doppelt verfasste. Denn der Herausgeber war auch Drucker des „Record"; und obwohl diese bemerkenswerte Zeitschrift angeblich eine in ganz Calaveras und einem größeren Teil des Tuolumne County spürbare Macht ausübte, war strenge Sparsamkeit eine der Bedingungen ihrer wohltuenden Existenz.

So beschäftigt, wurde er durch das plötzliche Hervorbrechen einer kleinen Manuskriptrolle erschreckt, die durch die offene Tür geworfen wurde und ihm zu Füßen fiel. Er ging schnell zur Schwelle und blickte den verworrenen Pfad hinunter, der zur Hauptstraße führte. Aber nichts deutete auf die Anwesenheit seines mysteriösen Mitwirkenden hin. Ein Hase humpelte langsam davon, eine grün-goldene Eidechse blieb auf einem Kiefernstumpf stehen, die Spechte stellten ihre Arbeit ein. Seine Abgeschiedenheit im Wald war so vollkommen gewesen, dass es ihm schwer fiel, irgendein menschliches Handeln mit der Tat in Verbindung zu bringen; vielmehr schien der Hase einen unbeschreiblich schuldbewussten Blick zu haben, die Spechte ein bedeutungsvolles Schweigen zu bewahren und die Eidechse schien in Stein gemeißelt zu sein.

Eine Prüfung des Manuskripts korrigierte jedoch dieses Unrecht der wehrlosen Natur. Es war offensichtlich menschlichen Ursprungs, da es sich um Verse handelte, und von äußerst schlechter Qualität. Der Herausgeber legte es beiseite. Dabei glaubte er, ein Gesicht am Fenster zu sehen. Etwas empört machte er einen Ausweg und drang in alle Richtungen in das umliegende Dickicht ein, aber seine Suche blieb ebenso erfolglos wie zuvor. Der Dichter, falls er es war, war verschwunden.

Wenige Tage später drangen in die Abgeschiedenheit der Redaktion abwechselnd entlarvende und flehende Stimmen ein. Als der Redakteur zur Tür trat, war er erstaunt, Mr. Morgan McCorkle, einen bekannten Bürger von Angelo und Abonnent des „Record", dabei zuzusehen, wie er teils mit Gewalt, teils mit Argumenten einen unbeholfenen Jungen drängte Mann auf das Gebäude zu. Als er endlich sein Ziel erreicht hatte und seine Beute sozusagen sicher auf einem Stuhl landete, nahm Mr. McCorkle seinen Hut ab, wischte sorgfältig den schmalen Isthmus auf der Stirn ab, der seine schwarzen Brauen von seinem stoppeligen Haar trennte, und mit einem Als er seinem widerwilligen Begleiter eine erklärende Handbewegung zuwinkte, sagte er: „Ein geborener Dichter und der verfluchteste Narr, den du je gesehen hast!"

Mr. McCorkle akzeptierte das Lächeln des Herausgebers als Anerkennung für die Einleitung, keuchte und fuhr fort: „Ich wollte nicht kommen! „Mister Editor, Sie haben mich nicht besucht, Morg ", sagte er. „Milt", sagte ich, „das tut er ; Ein geborener Dichter wie du und ein begabtes Genie wie er sollten gesellig zusammenkommen!' Und ich habe ihn geholt. Ah, wirst du ?" Der geborene Dichter hatte, nachdem er Anzeichen großer Bedrängnis gezeigt hatte, begonnen zu rennen. Aber Mr. McCorkle stürzte sich sofort auf ihn, packte ihn an seinem langen Leinenmantel und setzte ihn zurück in seinen Stuhl. „ Es hat keinen Sinn, herumzustürmen. Ihr seid und ihr bleibt. Für dich ein geborener Dichter, wenn du so schüchtern bist wie ein Eselkaninchen. Schau, ich bin jetzt!"

Er war sicherlich kein attraktives Bild. In seinem schwachen Gesicht war kaum ein auffälliger Zug zu erkennen, außer seinen Augen, die feucht und schüchtern waren und dem Tier nicht unähnlich, mit dem Mr. McCorkle ihn verglichen hatte. Es war das Gesicht, das der Redakteur am Fenster gesehen hatte.

„ Ich kannte ihn von Anfang an „ Seit er ein Junge war ", fuhr Mr. McCorkle laut flüsternd fort. „Alles ist das Gleiche, Gott segne dich! Kann einen Reim so einfach hinkriegen wie Turnin ' Jack. Hatte nie irgendeine Ausbildung ; lebte sein ganzes Leben in Missooray . Aber er ist voller Poesie. Erst heute Morgen habe ich ihm gesagt, er lagert neben mir: „Milt!" Sez I: „Ist das Frühstück fertig?" Und er steht auf und antwortet ganz munter und munter: „Das Frühstück ist fertig, und die Vögel singen frei, und es geht im Morgenlicht auf , das ist Glück für mich!" Wenn ein Mann", sagte Mr. McCorkle und seine Stimme mit tiefer Feierlichkeit senkend, „von solchen Dingen abkommt, ohne dazu aufgefordert zu werden, und gleichzeitig Flapjacks über einem Kochherd hantiert , dann ist dieser Mann ein geborener Dichter. " "

Es entstand eine unangenehme Pause. Mr. McCorkle strahlte seinen Schützling herablassend an. Der geborene Dichter sah aus, als würde er über einen weiteren Flug nachdenken – keinen metaphorischen. Der Herausgeber fragte, ob er etwas für sie tun könne.

„Natürlich können Sie das", antwortete Mr. McCorkle, „das ist nur ein Scherz. Milt, wo ist diese Poesie!"

Das Gesicht des Herausgebers senkte sich, als der Dichter eine Manuskriptrolle aus seiner Tasche hervorholte. Er nahm es jedoch mechanisch und warf einen Blick darauf. Es handelte sich offensichtlich um ein Duplikat des früheren mysteriösen Beitrags.

Der Herausgeber sprach dann kurz, aber ernsthaft. Ich bedauere, dass ich mich nicht an seine genauen Worte erinnern kann, aber es schien, als sei der Druck auf die Spalten des „Record" noch nie zuvor so groß gewesen. Angelegenheiten von höchster Wichtigkeit, die den materiellen Fortschritt der Sierra tiefgreifend beeinflussten, Fragen, die die absolute Integrität von Calaveras und Tuolumne als soziale Gemeinschaften berührten, warteten gerade jetzt darauf, geäußert zu werden. Wochen, ja Monate mussten vergehen, bis dieser Druck nachließe und der „Record" sich mit anderen Themen als den strengsten auseinandersetzen konnte. Außerdem hatte der Herausgeber mit Schmerz den völligen Niedergang der Poesie in den Ausläufern der Sierras bemerkt. Sogar die Werke von Byron und Moore erregten in Dutch Flat keine Aufmerksamkeit, und in Grass Valley schien eine Voreingenommenheit gegen Tennyson zu herrschen. Aber der Herausgeber war nicht ohne Hoffnung für die Zukunft. Im Laufe von vier oder fünf Jahren, als das Land besiedelt war, –

„Was würde es kosten, dieses Jahr zu drucken ?" unterbrach Mr. McCorkle leise.

„Etwa fünfzig Dollar als Werbung", antwortete der Herausgeber mit fröhlicher Bereitwilligkeit.

Mr. McCorkle legte die Summe in die Hand des Herausgebers. „Siehst du , das ist es , was ich zu Milt sage: ‚Milt', sage ich, ‚bezahle, wie du gehst, denn du bist ein geborener Dichter.' Hevin, keine Aufforderung zum Schreiben, sondern es kostenlos und spontan zu tun , natürlich zahlt man . Deshalb hat Herr Herausgeber Ihre Gedichte nie gedruckt.'"

„Welchen Namen soll ich dem geben?" fragte der Herausgeber.

„Milton."

Es war das erste Wort, das der geborene Dichter während des Interviews gesprochen hatte, und seine Stimme war so süß und melodisch, dass der Redakteur ihn neugierig ansah und sich fragte, ob er eine Schwester hatte.

„Milton; ist das alles?"

„Das ist sein erster Name", rief Mr. McCorkle.

Der Herausgeber schlug hier vor, dass es einen anderen Dichter dieses Namens gegeben habe –

„Milt könnte für ihn genommen werden! „Das ist schlimm", überlegte Mr. McCorkle mit schlichtem Ernst. „Nun, notieren Sie seinen Rumpfnamen : Milton Chubbuck."

Der Herausgeber hat dies zur Kenntnis genommen. „Ich werde es jetzt einrichten", sagte er. Dies war auch ein Hinweis darauf, dass das Interview beendet war. Der Dichter und Mäzen ging Arm in Arm zur Tür. „In der Zeitung der nächsten Woche", sagte der Herausgeber lächelnd als Antwort auf den fragenden kindlichen Ausdruck in den Augen des Dichters, und im nächsten Moment waren sie verschwunden.

Der Herausgeber hielt sein Wort. Er machte sich sofort an die Arbeit, entrollte das Manuskript und begann mit seiner Aufgabe. Die Spechte auf dem Dach nahmen ihre Arbeit wieder auf, und in wenigen Augenblicken war die frühere Abgeschiedenheit im Wald wiederhergestellt. In dem kargen, scheunenähnlichen Raum war kein Geräusch zu hören, außer den Vögeln oben und unten, als das Klicken der Setzregel zu hören war, als der Redakteur die Typen mit seinem Stock in Reihen ordnete und sie in einer festen Reihe auf der Kombüse anordnete. Was auch immer seine Meinung zu der ihm vorliegenden Kopie gewesen sein mochte, in seinem Gesicht, das die spießige Gleichgültigkeit seines Fachs verriet, war davon nichts zu erkennen. Vielleicht war das unglücklich, denn als der Tag voranschritt und die flachen Sonnenstrahlen das angrenzende Dickicht zu durchdringen begannen, machten sie sich auf die Suche und entdeckten eine besorgte Gestalt aus dem Hinterhalt, die neben dem Fenster des Redakteurs stand – eine Gestalt, die dort seit langem regungslos gesessen hatte Std. Im Inneren arbeitete der Herausgeber ebenso stetig und teilnahmslos weiter wie das Schicksal. Und draußen saß der geborene Dichter von Sierra Flat und beobachtete ihn, während er auf seinen Beschluss wartete.

Die Wirkung des Gedichts auf Sierra Flat war bemerkenswert und beispiellos. Die völlige Niederträchtigkeit seines Geschwätzes, die unbegründete Dummheit seines Denkens und vor allem die krönende Kühnheit der Tatsache, dass es das Werk eines Bürgers war und in der Kreiszeitung veröffentlicht wurde, verschafften ihm sofort große Popularität. Viele Monate lang hatte Calaveras nach einer Sensation gesehnt; Seit dem letzten Wachsamkeitsausschuss war nichts geschehen, um die lustlose Langeweile zu zerstreuen, die durch stagnierende Geschäfte und wachsende Zivilisation entstanden war. In glücklicheren Zeiten wäre das Büro des „Record" einfach entkernt und der Herausgeber abgeschoben worden; Die Nachfrage nach der Zeitung war derzeit so groß, dass die Auflage schnell erschöpft war. Kurz gesagt, das Gedicht von Herrn Milton Chubbuck kam Sierra Flat wie eine besondere Vorsehung. Es wurde am Lagerfeuer, in einsamen Hütten, in brennenden Kneipen und lauten Kneipen vorgelesen und aus den Bächen der Postkutschen vorgetragen. Es wurde in Poker Flat mit einem lokalen Chor gesungen und als unheiliger rhythmischer Tanz von der Pyrrhus-Phalanx von One Horse Gulch, bekannt als „The Festive Stags of Calaveras", getanzt. Einige unglückliche Zweideutigkeiten im Ausdruck führten zu vielen neuen Lesarten, Notizen und Kommentaren, die, wie ich leider feststellen muss, häufiger von Einfallsreichtum als von Feinheit des Denkens oder Ausdrucks geprägt waren.

Noch nie zuvor erlangte ein Dichter einen so plötzlichen Ruf vor Ort. Aus der Abgeschiedenheit von McCorkles Hütte und der Dunkelheit seiner kulinarischen Arbeit wurde er in den strahlenden Sonnenschein des Ruhms entführt. Der Name Chubbuck wurde in Kreidebuchstaben auf unbemalte Wände geschrieben und mit einer Spitzhacke in die Seiten von Tunneln geschnitzt. An den Bars wurde ein Getränk ausgeschenkt, das auch als „The Chubbuck Tranquillizer" oder „The Chubbuck Exalter" bekannt ist. Einige Wochen lang war bei Keeler's Ferry ein grober Entwurf für eine Chubbuck-Statue zu sehen, der aus Illustrationen von Zirkus- und Melodeonplakaten bestand und das Genie von Calaveras in kurzen Röcken auf einem fliegenden Ross bei der Krönung des Dichters Chubbuck darstellte. Der Dichter selbst wurde mit Einladungen zum Trinken und übertriebenen Glückwünschen überhäuft. Das Treffen zwischen Colonel Starbottle von Siskyion und Chubbuck, das zuvor von unserem „Boston", dem verstorbenen Roaring Camp, arrangiert worden war, soll unbeschreiblich bewegend gewesen sein. Der Colonel umarmte ihn unsicher. „Ich könnte nicht zu meinen Wählern nach Siskyion zurückkehren , Sir, wenn diese Hand, die die des begabten Prentice und des beklagten Poe ergriffen hat, nicht durch die Berührung des gottgleichen Chubbuck geehrt worden wäre. Meine Herren, die amerikanische Literatur geht aufwärts. Danke, ich nehme Zucker in meinen." Es war „Boston", der Glückwunschbriefe von HW Longfellow, Tennyson und Browning an Herrn Chubbuck verfasste, sie im Postamt von Sierra Flat deponierte und sich bereitwillig bereit erklärte, die Antworten zu diktieren.

Der schlichte Glaube und die ungekünstelte Freude, mit der diese Kundgebungen vom Dichter und seinem Gönner aufgenommen wurden, hätten die Herzen dieser grimmigen Meister der Ironie berühren können, wenn sich in beiden nicht plötzlich und gleich die Vielfalt der schwachen Naturen entwickelt hätte. Mr. McCorkle genoss die Popularität seines Schützlings und wurde den Bewohnern von Sierra Flat gegenüber entweder herablassend oder herablassend; während der Dichter, mit sorgfältig geöltem und gelocktem Haar, geschmückt mit billigem Schmuck und prunkvollem Halstuch, vor dem einzigen Hotel stolzierte. Wie man sich vorstellen kann, verschaffte diese neue Offenbarung der Schwäche Sierra Flat große Befriedigung, verschaffte dem Dichter einen weiteren Anflug von Popularität und brachte dem scherzhaften „Boston" eine andere Idee.

Zu dieser Zeit trat eine junge Dame, die im Volksmund und beruflich als „California Pet" bekannt war, vor einem begeisterten Publikum im Innenraum auf. Ihre Spezialität lag in der Verkörperung jugendlicher männlicher Charaktere; Als Gamin der Straße war sie unwiderstehlich, als Negertänzerin eroberte sie das Herz des ehrlichen Bergmanns im Sturm. Als freche, hübsche Brünette hatte sie sich einen wunderbaren moralischen Ruf bewahrt, selbst unter den Jupiter-ähnlichen Annäherungsversuchen mit Goldregen, die ihren Auftritt auf der Bühne im Sierra Flat begrüßten. Ein prominentes und begeistertes Mitglied dieses Publikums war Milton Chubbuck. Er war jeden Abend dabei. Jeden Tag blieb er an der Tür des Union Hotels stehen, um einen Blick auf das „California Pet" zu werfen. Es dauerte nicht lange, bis er eine Nachricht von ihr erhielt – in der beliebtesten und anerkanntesten Frauenschrift „Bostons", in der er seine Bewunderung bekundete. Es dauerte nicht lange, bis „Boston" aufgefordert wurde, eine angemessene Antwort einzureichen. Um sein scherzhaftes Vorhaben voranzutreiben, wurde es für „Boston" schließlich notwendig, die junge Schauspielerin selbst aufzusuchen und sich ihre persönliche Teilnahme zu sichern. Er legte ihr einen Plan vor, dessen erfolgreiche Umsetzung seiner Meinung nach seinen Ruf als praktischer Humorist der Nachwelt sichern würde. Die schwarzen Augen des „California Pet" funkelten zustimmend und verschmitzt. Sie verlangte nur, dass sie zuerst den Mann sehen sollte – ein Zugeständnis an ihre weibliche Schwäche, die jahrelanges Juba-Tanzen und das Tragen von Hosen und Stiefeln nicht ganz aus ihrer eigensinnigen Brust verbannt hatte. Auf jeden Fall sollte es getan werden. Und das Interview wurde für die nächste Woche vereinbart.

Man darf nicht annehmen, dass Mr. Chubbuck in dieser Zeit seiner Popularität seine dichterischen Qualitäten außer Acht gelassen hatte. Einen bestimmten Teil des Tages war er von der Stadt abwesend – „in Gemeinschaft mit der Natur ", wie Mr. McCorkle es ausdrückte – und wanderte tatsächlich auf den Bergpfaden umher, lag auf dem Rücken unter den Bäumen oder sammelte Düfte Kräuter und die bunten Beeren der Marzanita . Diese und seine Begleitung brachte er meist am späten Nachmittag ins Redaktionsbüro, oft zur unendlichen Ermüdung des unternehmungslustigen Journalisten. Ruhig und wortkarg saß er da und beobachtete ihn geduldig bei seiner Arbeit, bis die Stunde gekommen war, in der das Büro geschlossen werden musste, und dann ging er ebenso leise weg. Diese Besuche hatten etwas so Bescheidenes und Unaufdringliches , dass der Herausgeber es nicht übers Herz brachte, sie zu leugnen, und indem er sie wie die Spechte als Teil seiner Waldumgebung akzeptierte, vergaß er oft sogar seine Anwesenheit. Ein- oder zweimal, berührt von der Schönheit des Ausdrucks in den feuchten, schüchternen Augen, verspürte er das Gefühl, seinen Besucher ernsthaft vor seiner müßigen Torheit zu warnen; Aber als sein Blick auf das geölte Haar und die prächtige Krawatte fiel, überlegte er es sich stets anders. Der Fall war offensichtlich aussichtslos.

Das Interview zwischen Mr. Chubbuck und dem „California Pet" fand in einem Privatzimmer des Union Hotels statt; Anstand wird durch die Anwesenheit dieses Erzhumoristen „Boston" respektiert. Diesem Herrn verdanken wir den einzig wahren Bericht über das Treffen. So zurückhaltend Mr. Chubbuck auch in Gegenwart seines eigenen Geschlechts gewesen sein mochte, gegenüber dem gerechteren Teil der Menschheit war er, wie die meisten Dichter, äußerst redselig. Obwohl das „California Pet" an übermäßige Komplimente gewöhnt war, waren ihr die übertriebenen Lobpreisungen ihres Besuchers ziemlich peinlich. Ihre Verkörperung von Jungenfiguren und ihr Tanz im „Champion Jig" wurden besonders mit glühender, aber unverkennbarer Bewunderung betrachtet. Als das „California Pet" schließlich seine Kühnheit wiedererlangte und durch die Anwesenheit von „Boston" ermutigt wurde, elektrisierte es seine Zuhörer, indem es halb scherzhaft, halb bösartig fragte, ob es als Junge oder als Mädchen Gegenstand seiner Schmeicheleien sei Bewunderung.

„Das hat ihn umgehauen", freute sich „Boston" in seinem anschließenden Bericht über das Interview. „Aber glauben Sie, dass der verdammte Idiot sie tatsächlich gebeten hat, ihn mitzunehmen? wollte sich im Unternehmen engagieren."

Der von „Boston" kurz dargelegte Plan bestand darin, Herrn Chubbuck dazu zu bewegen, in einem Kostüm (das bereits vom Erfinder entworfen und vorbereitet wurde) vor einem Publikum in Sierra Flat aufzutreten und unmittelbar am selben Tag im Saal ein Originalgedicht vorzutragen Abschluss der „California Pet's"-Aufführung. Auf ein gegebenes Signal hin sollte das Publikum aufstehen und eine Salve anstößiger Artikel vortragen (die zuvor vom Urheber des Plans bereitgestellt worden waren); Dann sollten einige Auserwählte auf die Bühne stürmen, den Dichter ergreifen und ihn, nachdem sie ihn im Triumphzug durch die Stadt geführt hatten, außerhalb der äußersten Grenzen deponieren, mit der strikten Anweisung, sie nie wieder zu betreten. Dem ersten Teil des Plans war der Dichter verpflichtet, für den zweiten Teil war es leicht, Mitwirkende zu finden.

Die ereignisreiche Nacht kam und mit ihr ein Publikum, das den langen, schmalen Raum mit einer dichten Menschenmasse füllte. Das „California Pet" war noch nie zuvor so fröhlich, so rücksichtslos, so faszinierend und kühn gewesen. Aber der Applaus war zahm und schwach im Vergleich zu dem ironischen Ausbruch, der das zweite Aufziehen des Vorhangs und den Auftritt des geborenen Dichters von Sierra Flat begrüßte. Dann trat eine erwartungsvolle Stille ein, und der Dichter trat ans Rampenlicht und stand mit seinem Manuskript in der Hand da.

Sein Gesicht war totenbleich. Entweder war in den Gesichtern seiner Zuhörer eine Ahnung von seinem Schicksal zu erkennen, oder ein geheimnisvoller Instinkt teilte ihm die Gefahr mit. Er versuchte zu sprechen, geriet aber ins Stocken, schwankte und taumelte zu den Flügeln.

Aus Angst, seine Beute zu verlieren, gab „Boston" das Zeichen und sprang auf die Bühne. Aber im selben Moment schoss eine leichte Gestalt hinter den Kulissen hervor und versetzte dem verunsicherten Humoristen einen Tritt, der den verunsicherten Humoristen zurück zu den Musikern schickte, schnitt einen Taubenflügel, vollführte einen Double-Shuffle und trat damit ins Rampenlicht Ihr unnachahmlicher Blick, diese kühne Prahlerei und völlige Hingabe, die sie einen Moment zuvor so begeistert und fasziniert hatten, drückten die charakteristische Rede aus: „Was willst du denn einem Mann ins Fell schlagen, wenn er am Boden liegt, sagen wir?"

Der Blick, der gedehnte Ton, die Aktion, die Bereitschaft und vor allem der ausgesprochene Mut der kleinen Frau zeigten ihre Wirkung. Der Tat folgte tosender, mitfühlender Applaus. „Schnitt und renne, solange du kannst", flüsterte sie hastig über ihre eine Schulter, ohne die Haltung der anderen gegenüber dem Publikum zu ändern, die aus keckem und frechem Trotz bestand. Doch noch während sie sprach, schwankte der Dichter und sank ohnmächtig auf die Bühne. Dann flüsterte sie hinter den Kulissen verzweifelt: „Vorhang runter."

Es gab eine leichte Oppositionsbewegung im Publikum, aber unter ihnen erhoben sich die kräftigen Schultern von Yuba Bill, die große, aufrechte Gestalt von Henry York aus Sandy Bar und das farblose, entschlossene Gesicht von John Oakhurst. Der Vorhang fiel.

Dahinter kniete das „California Pet" neben dem am Boden liegenden Dichter. „Bring mir etwas Wasser. Lauf zum Arzt. Stoppen!! Räumt euch alle auf!"

Sie hatte die bunte Krawatte gelöst und den Hemdkragen der gefühllosen Gestalt vor ihr geöffnet. Dann brach sie in ein hysterisches Lachen aus.

„Manuela!"

Ihre ermüdende Frau, eine mexikanische Mischlingsfrau, kam auf sie zu.

„Hilf mir schnell, ihn in meine Umkleidekabine zu bringen; dann steh draußen und warte. Wenn Sie jemand befragt, sagen Sie ihm, dass er weg ist. Hörst du? Er ist weg."

Die alte Frau tat, was ihr gesagt wurde . Nach wenigen Augenblicken war das Publikum gegangen. Vor dem Morgen trafen auch das „California Pet", Manuela, und die Dichterin von Sierra Flat ein.

Aber leider war mit ihnen auch der gute Ruf des „California Pet" verschwunden. Nur wenige, und diese, so ist zu befürchten, selbst nicht von bester moralischer Natur, glaubten noch an die makellose Ehre ihrer Lieblingsschauspielerin. „Das war eine gewaltige Dummheit, aber es wird schon noch gut gehen." Andererseits zollte ihr die Mehrheit vollste Anerkennung und Anerkennung für ihren unbestrittenen Mut und ihre Tapferkeit, bedauerte jedoch, dass sie diese für ein wertloses Objekt weggeworfen hatte. Den verachteten und verspotteten Landstreicher aus Sierra Flat zum Liebhaber zu wählen, der nicht einmal die Männlichkeit besaß, sich selbst zu verteidigen , war nicht nur ein Beweis moralischer Verkommenheit, sondern auch eine Beleidigung der Gemeinschaft. Colonel Starbottle sah darin nur ein weiteres Beispiel der extremen Schwäche des Geschlechts; er hatte ähnliche Fälle gekannt; und erinnerte sich deutlich, Sir, wie eine bekannte Erbin aus Philadelphia, eine der edelsten Frauen, die je in ihrem Wagen geritten sind, die, meine Güte, Sir!, ein Mitglied des Kongresses aus dem Süden über Bord geworfen hatte, um sich mit einem … Nigger zu treffen. Der Colonel hatte auch einen eigenartigen Blick in den Augen des Hundes bemerkt, der ihm nicht ganz gefiel. Er würde nichts gegen die Dame sagen, Sir, aber er hatte bemerkt … Und hier wurde der Colonel vielleicht so geheimnisvoll und düster vertraulich, dass er für die Umstehenden unverständlich und unhörbar war.

Ein paar Tage nach dem Verschwinden von Mr. Chubbuck erreichte Sierra Flat eine merkwürdige Nachricht, und man bemerkte, dass „Boston", der seit dem Misserfolg seines ausgeklügelten Witzes noch niedergeschlagener war, als es bei großen Humoristen üblich ist, plötzlich feststellte, dass seine Anwesenheit in San Francisco erforderlich war. Aber bis jetzt gab es nur vage Vermutungen, und man wusste nichts Genaues.

Es war ein angenehmer Nachmittag, als der Herausgeber des „Sierra Flat Record" von seinem Koffer aufblickte und die Gestalt von Mr. Morgan McCorkle in der Tür stehen sah. Auf dem Gesicht dieses ehrenwerten Herrn lag ein bekümmerter Ausdruck, der sofort die mitfühlende Aufmerksamkeit des Herausgebers erregte. Er hielt einen offenen Brief in der Hand, als er in die Mitte des Zimmers ging.

„Als Mann, der als Allergologe einen guten Ruf genießt", begann Mr. McCorkle langsam, „würde ich, Herr Herausgeber, wenn ich könnte, gerne eine Korrektur in den Spalten Ihres wertvollen Aufsatzes vornehmen."

Herr Herausgeber bat ihn, fortzufahren.

„Sie können sich vielleicht nicht vergessen, dass ich vor etwa einem Monat einen jungen Mann hierher geholt habe, wie wir ihn nennen wollen, dessen Name sozusagen Milton sein könnte – Milton Chubbuck."

Herr Herausgeber erinnerte sich perfekt.

„Dieselbe Party, die ich noch vor einem Jahr besser gekannt hatte , zu zweit Gemeinsam campen . Nicht, dass ich ihn die ganze Zeit gekannt hätte, denn er war kriegsscheu und seltsam im Umgang mit Zaubersprüchen und hatte merkwürdige Verhaltensweisen, die ich für einen geborenen Dichter als kriegsnatürlich ansah. Erinnern Sie sich vielleicht daran, dass ich sagte, er sei ein geborener Dichter?“

Der Herausgeber hat es eindeutig getan.

„Ich habe die gleiche Party in St. Jo. mitgenommen, weil ich Gefallen an seinem Gesicht fand und freundlicher dachte , er sei von zu Hause weggelaufen – denn ich bin ein verheirateter Mann, Herr Herausgeber, und habe viele Kinder von mir selbst – und ich dachte , er sei ein geborener Dichter.

"Also?" sagte der Herausgeber.

„Und wie ich bereits sagte, möchte ich jetzt eine Korrektur in den Spalten Ihres wertvollen Papiers vornehmen.“

„Was für eine Korrektur!“ fragte der Herausgeber.

„Ich sagte, wenn Sie sich an meine Worte erinnern, dass er ein geborener Dichter war.“

"Ja."

„Aus den Aussagen in diesem Brief geht hervor, dass ich falsch liege .“

"Also!"

„Sie war eine Frau.“

DAS WEIHNACHTSGESCHENK FÜR RUPERT.

EINE GESCHICHTE FÜR KLEINE SOLDATEN.

Es war Weihnachtszeit in Kalifornien – eine Zeit des Regens und des sprießenden Grases. Es gab Zeiten, in denen die Sonne durch treibende Wolken und fliegende Schneeflocken die kargen Hügel auf wundersame Weise besuchte, und Tod und Auferstehung eins waren, und aus den Qualen des Verfalls kämpfte sich ein freudiges Leben nach außen und nach oben. Sogar die Stürme, die die toten Blätter herunterfegten, nährten die zarten Knospen, die ihre Plätze einnahmen. Es gab keine Phasen schneebedeckter Stille; über die sich belebenden Felder folgte die Pflugschar des Bauern hartnäckig den Furchen, die die letzten Regenfälle hinterlassen hatten. Vielleicht war es aus diesem Grund, dass die immergrünen Weihnachtsbäume, die das Wohnzimmer schmückten, ein fremdes Aussehen annahmen und einen seltsamen Kontrast zu den Rosen bildeten, die man durch die Fenster schwach sehen konnte, während der Südwestwind ihre weichen Gesichter gegen die Scheiben schlug.

„Nun", sagte der Doktor, rückte seinen Stuhl näher an das Feuer und blickte sanft, aber bestimmt auf den Halbkreis aus Flachsköpfen um ihn herum, „ich möchte, dass ich, bevor ich mit meiner Geschichte beginne, klar und deutlich verstanden habe, dass ich nicht von ihnen unterbrochen werden darf irgendwelche lächerlichen Fragen. Beim ersten werde ich aufhören. Beim zweiten werde ich es für meine Pflicht halten, rundherum eine Dosis Rizinusöl zu verabreichen. Es wird davon ausgegangen, dass der Junge, der seine Beine oder Arme bewegt, zur Amputation einlädt. Ich habe meine Instrumente mitgebracht und lasse nie zu, dass das Vergnügen mein Geschäft beeinträchtigt. Versprichst du?"

„Ja, Sir", sagten sechs leise Stimmen gleichzeitig. Dem Volleyschuss folgten jedoch ein halbes Dutzend fallengelassener Fragen.

„Ruhe! Bob, nimm die Füße runter und hör auf, mit dem Schwert zu rasseln. Flora soll wie eine kleine Dame an meiner Seite sitzen und den anderen ein Vorbild sein. Fung Tang soll auch bleiben, wenn er will. Dreh jetzt das Gas ein wenig herunter; so, das reicht – gerade genug, damit das Feuer heller aussieht und die Weihnachtskerzen zur Geltung kommen. Ruhe, alle! Der Junge, der eine Mandel knackt oder zu laut über seine Rosinen atmet, wird aus dem Zimmer geworfen?"

Es herrschte tiefes Schweigen. Bob legte sein Schwert zärtlich beiseite und streichelte nachdenklich sein Bein. Nachdem Flora kokett die Tasche ihrer kleinen Schürze zurechtgerückt hatte, legte sie ihren Arm auf die Schulter des Doktors und ließ sich neben ihn ziehen. Fung Tang, der kleine heidnische Page, der bei dieser seltenen Gelegenheit an den christlichen Festlichkeiten im Salon teilnehmen durfte, musterte die Gruppe mit einem Lächeln, das zugleich süß und philosophisch war. Das leichte Ticken einer französischen Uhr auf dem Kaminsims, die von einer jungen Schäferin mit bronzefarbenem Teint und großer Symmetrie der Gliedmaßen getragen wurde, war das einzige Geräusch, das den weihnachtlichen Frieden in der Wohnung störte – einen Frieden, der den Duft von immergrünen Pflanzen in sich trug. neues Spielzeug, Zedernholzkisten, Leim und Lack in einer harmonischen Kombination, die jedes Verständnis übersteigt.

„Vor etwa vier Jahren", begann der Doktor, „habe ich in einer bestimmten Stadt eine Vorlesung besucht. Einer der Professoren, ein geselliger, freundlicher , wenn auch etwas praktischer und hartnäckiger Mann , lud mich in der Weihnachtsnacht zu sich nach Hause ein. Ich war sehr froh, zu gehen, denn ich wollte unbedingt einen seiner Söhne sehen, der, obwohl er erst zwölf Jahre alt war, als sehr klug galt. Ich wage nicht zu sagen, wie viele lateinische Verse dieser kleine Kerl aufsagen konnte und wie viele englische Verse er komponiert hatte. Erstens möchten Sie, dass ich sie wiederhole; Zweitens bin ich kein Kenner der Poesie, weder Latein noch Englisch. Aber es gab Richter, die sagten, sie seien wunderbar für einen Jungen, und alle sagten ihm eine glänzende Zukunft voraus. Alle außer seinem Vater. Er schüttelte zweifelnd den Kopf, wann immer es erwähnt wurde, denn wie ich Ihnen bereits sagte, war er ein praktischer, sachlicher Mann.

„An diesem Abend gab es eine nette Party beim Professor. Alle Kinder der Nachbarschaft waren da, und unter ihnen der kluge Sohn des Professors, Rupert, wie sie ihn nannten, – ein dünner kleiner Kerl, ungefähr so groß wie Bobby dort und so blond und zart wie Flora an meiner Seite. Sein Gesundheitszustand war schwach, sagte sein Vater; er lief selten herum und spielte mit anderen Jungen, sondern blieb lieber zu Hause, brütete über seinen Büchern und verfasste, was er seine Verse nannte.

„Also, wir hatten genau so einen Weihnachtsbaum und wir hatten gelacht und geredet und die Namen der Kinder aufgezählt, die Geschenke am Baum hatten, und alle waren sehr glücklich und freudig, als eines der Kinder plötzlich einen Schrei ausstieß, der Überraschung und Heiterkeit zugleich ausdrückte und sagte: ‚Hier ist etwas für Rupert; und was denkst du, ist es?'

„Wir haben es alle erraten. 'Ein Schreibtisch'; „Eine Kopie von Milton"; „Ein goldener Stift"; „Ein Reimwörterbuch? 'NEIN? was dann?'

"'Eine Trommel!'

"'Ein Was?' fragte alle.

"'Eine Trommel! mit Ruperts Namen drauf?'

„ Tatsächlich war es da. Eine große, helle, neue, messingumwickelte Trommel mit einem Zettel darauf und der Aufschrift „FÜR RUPERT".

„ Natürlich haben wir alle gelacht und fanden es einen guten Witz. „Siehst du, du sollst in der Welt für Aufsehen sorgen, Rupert!" sagte einer. „Hier ist Pergament für den Dichter", sagte ein anderer. „Ruperts letzte Arbeit in Schaffellbezügen", sagte ein Dritter. „Gib uns eine klassische Melodie, Rupert", sagte ein vierter; und so weiter. Aber Rupert schien zu beschämt, um etwas zu sagen; Er verfärbte sich, biss sich auf die Lippen, brach schließlich in leidenschaftliche Tränen aus und verließ den Raum. Dann schämten sich diejenigen, die sich über ihn lustig gemacht hatten, und alle begannen zu fragen, wer die Trommel dorthin gestellt hatte. Aber niemand wusste es, oder wenn doch, hielt das unerwartete Mitgefühl, das für den sensiblen Jungen geweckt wurde, sie zum Schweigen. Sogar die Bediensteten wurden aufgerufen und befragt, aber niemand konnte sagen, woher das kam. Und was noch seltsamer war: Alle erklärten, bis zu dem Moment, als es hergestellt wurde, habe niemand es am Baum hängen sehen. Was denke ich? Nun ja, ich habe meine eigene Meinung. Aber keine Fragen! Genug, damit Sie wissen, dass Rupert an diesem Abend nicht wieder die Treppe herunterkam und die Party bald darauf auflöste.

„Ich hatte diese Dinge fast vergessen, denn im nächsten Frühjahr brach der Aufstandskrieg aus, und ich wurde zum Chirurgen in einem der neuen Regimenter ernannt und machte mich auf den Weg zum Kriegsschauplatz. Aber ich musste durch die Stadt, in der der Professor lebte, und dort traf ich ihn. Meine erste Frage bezog sich auf Rupert. Der Professor schüttelte traurig den Kopf. „Es geht ihm nicht so gut", sagte er; „Seit letztem Weihnachten, als du ihn gesehen hast, geht es ihm schlechter." „Ein sehr seltsamer Fall", fügte er hinzu und gab ihm einen langen lateinischen Namen, „ein sehr einzigartiger Fall." „Aber geh und sieh ihn dir selbst an", drängte er; „Vielleicht lenkt es ihn ab und tut ihm gut?"

„Ich ging dementsprechend zum Haus des Professors und fand Rupert auf einem Sofa liegend, auf Kissen gestützt. Um ihn herum lagen seine Bücher verstreut, und die Trommel, von der ich Ihnen erzählt habe, hing, was einen einzigartigen Kontrast zu bilden schien, an einem Nagel direkt über seinem Kopf. Sein Gesicht war dünn und ausgezehrt; Auf beiden Wangen war ein roter Fleck, und seine Augen waren sehr hell und weit geöffnet. Er freute sich, mich zu sehen, und als ich ihm sagte, wohin ich wollte, stellte er tausend Fragen über den Krieg. Ich dachte, ich hätte ihn völlig von seinen kranken und trägen Fantasien abgelenkt, als er plötzlich meine Hand ergriff und mich zu sich zog.

„,Doktor', sagte er mit leiser Stimme, ,Sie werden mich nicht auslachen, wenn ich Ihnen etwas sage?'

„„Nein, sicher nicht', sagte ich.

„„Erinnerst du dich an die Trommel?' sagte er und zeigte auf das glitzernde Spielzeug, das an der Wand hing. „Du weißt auch, wie es zu mir gekommen ist." Ein paar Wochen nach Weihnachten lag ich hier im Halbschlaf und die Trommel hing an der Wand, als ich plötzlich hörte, wie sie geschlagen wurde; Zuerst leise und langsam, dann schneller und lauter, bis sein Rollen das Haus erfüllte. Mitten in der Nacht hörte ich es erneut. Ich habe mich nicht getraut, irgendjemandem davon zu erzählen, aber seitdem habe ich es jede Nacht gehört.'

„Er hielt inne und sah mir besorgt ins Gesicht. „Manchmal", fuhr er fort, „wird es leise gespielt, manchmal laut, aber immer beschleunigt es sich zu einem langen Wirbel, so laut und beunruhigend, dass ich gesehen habe, wie Leute in mein Zimmer kamen und fragten, was los sei." Aber ich glaube, Herr Doktor – ich glaube", wiederholte er langsam und blickte mit schmerzlichem Interesse in mein Gesicht, „dass niemand außer mir es hört."

„Das dachte ich auch, aber ich fragte ihn, ob er es schon einmal gehört hätte.

„„Ein- oder zweimal am Tag', antwortete er, ‚wenn ich gelesen oder geschrieben habe; dann sehr laut, als ob es wütend wäre, und versuchte auf diese Weise, meine Aufmerksamkeit von meinen Büchern abzulenken.'

„Ich schaute ihm ins Gesicht und legte meine Hand auf seinen Puls. Seine Augen leuchteten sehr, und sein Puls war etwas unregelmäßig und schnell. Dann versuchte ich ihm zu erklären, dass er sehr schwach sei und dass seine Sinne sehr scharf seien, wie die der meisten schwachen Menschen ; und wie das Pochen einer großen Arterie das schlagende Geräusch verursachte, das er hörte, wenn er las, wenn er interessiert und aufgeregt wurde oder wenn er nachts müde war. Er hörte mir mit einem traurigen, ungläubigen Lächeln zu, dankte mir aber, und nach kurzer Zeit ging ich weg. Aber als ich die Treppe hinunterging, traf ich den Professor. Ich habe ihm meine Meinung zu dem Fall mitgeteilt – egal, was es war.

„„Er möchte frische Luft und Bewegung', sagte der Professor, ‚und etwas praktische Lebenserfahrung, Sir?' Der Professor war kein schlechter Mensch, aber er war ein wenig besorgt und ungeduldig und dachte – wie kluge Leute oft denken –, dass Dinge, die er nicht verstand, entweder albern oder unangemessen seien.

„Ich verließ die Stadt noch am selben Tag, und in der Aufregung auf den Schlachtfeldern und in den Krankenhäusern vergaß ich den kleinen Rupert ganz und hörte auch nichts mehr von ihm, bis ich eines Tages einen alten Klassenkameraden in der Armee traf, der es gewusst hatte Der Professor erzählte mir, dass Rupert völlig verrückt geworden sei und dass er in einem seiner Anfälle aus dem Haus geflohen sei und da man ihn nie gefunden habe, befürchtete man, er sei in den Fluss gefallen und ertrunken. Wie Sie sich vorstellen können, war ich im Moment furchtbar schockiert; Aber, mein Lieber, ich erlebte damals schreckliche und schockierende Szenen und hatte kaum Zeit, um den armen Rupert zu trauern.

„Kurz nachdem wir diese Nachricht erhalten hatten, kam es zu einer schrecklichen Schlacht, in der ein Teil unserer Armee überrascht und unter großem Gemetzel zurückgedrängt wurde. Ich wurde von meiner Brigade abgelöst, um zum Schlachtfeld zu reiten und den Ärzten der geschlagenen Division zu helfen, die mehr zu tun hatten, als sie bewältigen konnten. Als ich die Scheune erreichte, die als provisorisches Krankenhaus diente, machte ich mich sofort an die Arbeit. „Ah, Bob", sagte der Doktor, während er nachdenklich das helle Schwert aus den Händen des halb verängstigten Bob nahm und es ernst vor sich hielt, „diese hübschen Spielzeuge sind Symbole grausamer, hässlicher Realitäten."

„Ich wandte mich an einen großen, kräftigen Vermonter", fuhr er sehr langsam fort und zeichnete mit der Spitze der Scheide ein Muster auf den Teppich, „der an beiden Oberschenkeln schwer verletzt war, aber er hob seine Hände und flehte mich an, anderen zu helfen." Erster, der es mehr brauchte als er. Ich folgte seiner Bitte zunächst nicht, denn diese Art von Selbstlosigkeit war in der Armee weit verbreitet; aber er fuhr fort: „Um Gottes willen, Doktor, lassen Sie mich hier; Es gibt einen Trommlerjungen unseres Regiments – ein bloßes Kind –, das im Sterben liegt, wenn er nicht schon jetzt tot ist. Geh und sieh ihn dir zuerst an. Er liegt da drüben. Er hat mehr als ein Leben gerettet. Er war heute Morgen in Panik auf seinem Posten und hat die Ehre des Regiments gerettet. Das Verhalten des Mannes beeindruckte mich so viel mehr als der Inhalt seiner Rede, die jedoch durch die anderen armen Kerle, die um mich herum lagen, bestätigt wurde, dass ich zu dem Trommler hinüberging, der mit seiner Trommel neben ihm lag. Ich warf einen Blick auf sein Gesicht – und – ja, Bob – ja, meine Kinder – es WAR Rupert.

"Also! Also! Es brauchte nicht das Kreidekreuz, das meine Ärztebrüder auf dem rauen Brett hinterlassen hatten, auf dem er lag, um zu zeigen, wie dringend die Hilfe war, die er suchte; Es brauchte weder die prophetischen Worte des Vermonters noch die Feuchtigkeit, die sich mit den braunen Locken vermischte, die an seiner blassen Stirn klebten, um zu zeigen, wie hoffnungslos es jetzt war. Ich rief ihn beim Namen. Er öffnete seine Augen – größer, dachte ich, in der neuen Vision, die ihm langsam aufging – und erkannte mich. Er flüsterte: „Ich bin froh, dass du gekommen bist, aber ich glaube nicht, dass du mir etwas Gutes tun kannst."

„Ich konnte ihn nicht anlügen. Ich konnte nichts sagen. Ich drückte nur seine Hand in meine, während er fortfuhr.

„'Aber du wirst Vater sehen und ihn bitten, mir zu vergeben. Niemand außer mir selbst ist schuld. Es dauerte lange, bis ich verstand, warum die Trommel in dieser Weihnachtsnacht zu mir kam und warum sie mich jede Nacht rief und was sie sagte. Ich weiß es jetzt. Die Arbeit ist erledigt und ich bin zufrieden. Sag Vater, dass es besser ist, so wie es ist. Ich hätte nur leben sollen, um ihn zu beunruhigen und zu verwirren, und etwas in mir sagt mir, dass das richtig ist.'

„Er lag einen Moment still und dann ergriff er meine Hand und sagte:"

"'Horchen!'

„Ich habe zugehört, aber nichts außer dem unterdrückten Stöhnen der Verwundeten um mich herum gehört. „Die Trommel", sagte er leise; „Hörst du es nicht?" Die Trommel ruft mich.'

„Er streckte seinen Arm dorthin aus, wo er lag, als wollte er ihn umarmen.

„„Hören Sie', fuhr er fort, ,es ist das Wecksignal. Es gibt die im Review erstellten Ranglisten. Siehst du nicht, wie das Sonnenlicht an der langen Reihe von Bajonetten entlang blitzt? Ihre Gesichter leuchten, sie präsentieren Waffen, da kommt der General; aber sein Gesicht kann ich wegen der Herrlichkeit um sein Haupt nicht ansehen. Er sieht mich; er lächelt, es ist –" Und mit einem Namen auf den Lippen, den er vor langer Zeit gelernt hatte, streckte er sich müde auf die Planken und lag ganz still da.

"Das ist alles. Keine Fragen jetzt; egal, was aus der Trommel geworden ist. Wer weint da ? Gott segne meine Seele, wo ist meine Pillendose?"